光文社古典新訳文庫

# 大尉の娘

プーシキン

坂庭淳史訳

kobunsha classics



光文社

Title : КАПИТАНСКАЯ ДОЧКА
1836
Author :А. С. Пушкин

目次

# 大尉の娘

名誉は若いうちから大切に

諺

# 第一章　近衛の軍曹

「明日にも近衛の大尉になるだろうに」

「それにはおよばん、普通連隊で勤め上げりゃいい」

「うまいこと言うなあ！　少しつらい目にあうがいい……」

……

「で、その父親はどんなひと？」

クニャジニーン[1]

僕の父アンドレイ・ペトローヴィチ・グリニョーフ[2]は、若いときにミーニフ伯爵[3]のもとで勤務して、一七＊＊年[4]に一等少佐で退役した。それからシムビールスク[5]の領地で暮らし、そこでアヴドーチヤ・ヴァシーリエヴナ・Yu……、地元の貧しい貴族の娘と結婚した。子どもは九人いたんだけれど、僕の兄弟姉妹はみんな幼くして亡くなっている。僕はセミョーノフ連隊に軍曹として登録されていた。これは近しい親族で、近衛連隊の少佐であったB公爵の好意による。[6]僕は、学業を終えるまでは休暇中という扱いになっていた。当時の教育方法は今日《こんにち》のようなものではない。五歳になると僕は馬丁のサヴェーリイチの手にゆだねられた。この人は日ごろ酒をやらないのを見込まれて、僕のじいや[7]を仰せつかったんだ。彼の監督のもとで、僕は十二の年にはロシア語の読み書きを習得し、雄のボルゾイ犬の良し悪しもしっかり見分けられた。このころ父さんが僕のためにフランス人の家庭教師、ムッシュー・ボプレを雇い入れる。この人はモスクワから、一年分のワインと、プロヴァンス産のオリーブオイルと一緒に取り寄せられたんだ。ボプレの来たのがサヴェーリイチにはひどく気に入らない。「神さまのおかげで」ぶつぶつ独り言を言っていた。「坊っちゃんは風呂にも入れてる、髪も梳かしてる、飯も食べさせてる。なんだって余分な金を使うんだい。ムッスーなんか雇って。おらたち身内の人間じゃだめだってえのか！」

ボプレは自分の国では理髪師だったが、それからプロシアで兵隊になり、それからプール・エートル・ウチテル［ウチテルになろう］ってわけでロシアへやってきた。ウチテルという言葉の意味はよく分かっていなかったんだけれど。気のいいやつだけれど、気まぐれで、とことんだらしがなかった。弱点といえば美しい女性に目のない

1　ヤーコフ・クニャジニーンの喜劇『ほら吹き』（一七八六）第三幕第六場より。登場人物ヴェルハリョートとチェストンのこの会話は、当時はよく知られていた。

2　ロシアの名前は「名・父称・姓」の三つの部分からなる。父称（男性であれば「ヴィチ」、女性であれば「ヴナ」などの語尾になる）はその人物の父親の名前にもとづいている。例えば、「ピョートル」を父に持つ男性の父称は「ペトローヴィチ」、「ヴァシーリー」を父に持つ女性の父称は「ヴァシーリエヴナ」となる。「名・父称」という呼び方は、あらたまった公的な場や、尊敬の意味を込めて用いられる。

3　フリストフォール・ミーニフ（一六八三～一七六七）。軍人、政治活動家。一七四一年、女帝エリザヴェータ・ペトローヴナ（在位一七四一～一七六二）によってシベリアに流刑されたが、一七六二年、ピョートル三世（在位一七六二・一・五～一七六二・七・九）の治世に戻される。この年には、ピョートル三世の妻エカテリーナ（のちのエカテリーナ二世）とその側近たちによる宮廷クーデターが起こるが、ミーニフはピョートル三世の側に残った。ピョートル三世はこのクーデターで退位を余儀なくされ、間もなく殺害された。

ことで、優しく言い寄ってはちょくちょくひじ鉄を食らっていたものだ。それで昼となく夜となく、何日もの間うなっていたっけ。おまけに彼は（彼の言葉を借りれば）酒瓶の敵でもなかった。つまり（ロシア語で言うなら）しこたまやるのが好きだった。けれども、我が家ではワインが出るのは昼食のときだけ、それも小さなグラスで一杯ずつ、しかもたいてい家庭教師には酒を注がないきまりになっていた。すると、ボプレ先生は早々とロシアの浸し酒《ナストーイカ》[9]に慣れ親しんで、自分の国のワインよりも好むほどになる。これほど胃によいものはないって。僕たちはすぐに打ち解けた。契約では僕にフランス語、ドイツ語とあらゆる学問を教える義務があったんだけれど、彼は手っ取り早く僕からロシア語のおしゃべりを教わる方を選んだ。それからあとは、それぞれ自分の仕事をした。僕たちは気心が知れていた。他の教師の方がいいなんて思いもしなかった。けれども、やがて運命が僕たちを引き離した。以下にその顛末を記すことにしよう。

　洗濯係のパラーシカという、太った、そばかすのある女の子と、目の悪い、牛係のアクーリカはある日、相談して一緒に母さんの足元に身を投げ出した。罪深いことをしでかした心の弱さを打ち明け、うぶな自分たちをムッスーが誘惑したのですと涙ながらに訴えたんだ。母さんはこれを冗談で済ます性質《たち》ではなく、父さんに訴えた。父さんは即座に裁きを下した。すぐにペテン野郎のフランス人を呼べと命じた。ムッスーが僕に授業をしているという報告を受けて、父さんが僕の部屋へやってきた。このとき、ボプレはベッドで無邪気に眠っていた。僕の方はせっせと自分の仕事をして

4　草稿ではアンドレイ・グリニョーフの退役した年は「一七六二年」となっている。つまり、この年にクーデターを起こしたエカテリーナ二世が帝位についたが、グリニョーフはミーニフ伯爵とともにピョートル三世の側についていたので、エカテリーナのもとでは軍務にとどまれなかったことを暗示している。しかし、この設定は、小説のその後の展開と矛盾してしまう。（後で分かってくるように）アンドレイの退役後に生まれた息子ピョートルは、一七七三年には計算上十七歳に満たない。したがって、プーシキンがこの年の設定を削除したのは、検閲による理由だけではないだろう。のちにプーシキン自身が記した計算によれば、ピョートル・アンドレーエヴィチは一七五五年の生まれである。

5　モスクワの南東約九百キロメートルにあるヴォルガ川沿いの町。現在の名称はウリヤノフスク。

6　以下のようなヴァリアントがある——「母さんのお腹にいたとき、僕はセミョーノフ連隊に軍曹として登録されていた。これは近しい親族で、近衛連隊の少佐であったB公爵の好意による。もしも期待に反して母さんが女の子を生んでいたら、父さんは生まれてこなかった軍曹の死を然るべき筋に報告し、それで一件落着となったんだろう」

いた。ここで知っておいてもらいたいのは、僕のためにモスクワから地図が取り寄せられていたことだ。それは全く用をなさないまま壁にかかっていたけれど、僕はずっと前からこの大きな、上等な紙にうっとりしていた。地図を使って凧を作ろうと決めて、ボプレが眠っているのをこれ幸いとばかりに作業にとりかかったんだ。父さんが入ってきたのは、僕が菩提樹の樹皮をほぐした尻尾を喜望峰に取り付けている、ちょうどそのときだった。僕の地理の課題を見て、父さんは僕の耳を引っぱり、それからボプレのもとへ駆けつけると、ぞんざいにたたき起こし、文句を浴びせかけた。うろたえたボプレは起き上がろうにも、起き上がれない。不幸なフランス人はへべれけに酔っ払っていたんだから。七つの災い、一つの報いってやつだ。父さんは彼の襟をつかんでベッドから引き起こすと、扉から突き出し、その日のうちに屋敷から追っ払ってしまった。サヴェーリイチの喜びようは言うまでもない。これをもって僕の教育は終わる。

僕はぬくぬく気ままに暮らし[10]、ハトを追い回したり、屋敷の使用人の子どもたちと馬跳びをしたりしていた。そうしているうちに十六歳になっていた。ここで僕の運命が変わるんだ。

ある秋の日、母さんは客間でハチミツのジャムを煮ていて、僕は舌なめずりをしながら、煮え立つ泡を見つめていた。父さんは窓辺で、毎年送られてくる『宮廷年鑑』[11]を読んでいた。この本はいつだって父さんに大きな影響を与える。興味津々で読み返しては、そのたびにこっちがびっくりするほど腹を立てるんだ。母さんは、父さんの習慣やら癖やらをすっかり承知していたから、この不幸な本をいつもなるべく遠くへ押し込んでおくよう心がけている。それで、『宮廷年鑑』はときには何か月も父さんの目に留まらなかった。そのかわり、たまたま本を見つけようものなら、もう何時間だって手放さないんだ。さて、父さんは『宮廷年鑑』をめくって、ときおり肩をすく

7　扶育係。

8　ロシア語の「先生、教師учитель」(ウチーチェリ)をフランス語風に発している。

9　ウォッカに果物や草などを浸した酒。

10　直訳では「未成年の貴族недоросль として暮らし」。当時の職務に就く前の、未成年の貴族は、いわゆる「どら息子」の生活を送っていた。その様子をデニース・フォンヴィージンが喜劇『親がかりНедоросль』(一七八一。『未成年』と訳されることもある)で描き出している。

11　一七三五年から一九一七年にかけて、年一回刊行されていた。宮廷で働く者や叙勲者の一覧表が掲載されていた。

めながら小声で繰り返していた。「中将！……。あいつ、わしの中隊では軍曹だったのに！……。ロシアの勲章[12]を二つとも受章！……。わしらはだいぶ前に……」ようやく年鑑をソファに放り出すと、父さんはしばらく考え込んでいた。これはろくなことにならないぞ。

だしぬけに父さんは母さんに話しかけた。「アヴドーチヤ・ヴァシーリエヴナ、ペトルーシャ[13]はいくつになる？」

「今年、十七になりますよ」母さんが答えた。「ペトルーシャが生まれたのは、ナスターシヤ・ゲラーシモヴナおばさんの片方の目が見えなくなった年ですからね、あの頃はまだ……」

「分かった」父さんがさえぎった。「軍務につかせる頃だな。女中部屋を駆け回ったり、鳩小屋によじ登ったりするのはもうよかろう」

僕とすぐにも離ればなれになる、そう思うと母さんは気が動転して小鍋の中にさじを落とし、それから涙が頬を伝った。これとは反対に、僕の有頂天ぶりを書き記すのは難しい。僕の頭の中で軍務は自由や、ペテルブルグでの楽しい生活と一つに溶け合っていた。近衛の将校になった自分を想像する。僕にすればそれは、人間の幸福の極みだ。

父さんは自分の計画を変えるのも、その実行を先延ばしにするのも好まない。僕の出立の日取りが決まった。その前夜、父さんは、僕の上官になる人に宛てた手紙を持たせようと言って、ペンと紙を持ってこさせた。

「忘れないでくださいね、アンドレイ・ペトローヴィチ」母さんが言った。「私からもB公爵によろしくと。『ペトルーシャにご厚情を賜りますよう』と申しておりますとね」

「馬鹿を言うな！」眉間にしわを寄せて父さんが答えた。「どうしてわしがB公爵に書くのだ？」

「だって、ペトルーシャの上官宛てにお書きになるってと、あなたがおっしゃったんじゃありませんか」

「だから、それがどうした？」

12　ロシアの最高勲章である「聖アンドレイ勲章」と「聖アレクサンドル・ネフスキー勲章」。
13　ピョートルの愛称。

「だって、ペトルーシャの上官といえば、B公爵でしょう。ペトルーシャはセミョーノフ連隊に登録されているんですから」

「登録だと！　こいつの登録などわしは知らん。ペトルーシャはペテルブルグにはやらん。ペテルブルグ勤めで、こいつが何を覚える？　無駄遣いやら放蕩三昧やらか？　いや、こいつは普通連隊に入って、きつい仕事をこなして、火薬の臭いをかいで、兵隊になるのだ。遊び人にはさせん。近衛連隊に登録されているだと！　こいつの身分証はどこだ？　持ってこい」

母さんは僕の身分証明書を探し出してきた。僕が洗礼を受けたときに着ていた寝間着《ソローチカ》と一緒に手箱にしまってあったのを、震える手で父さんに渡した。父さんは身分証明書をじっくり読むと、それを目の前のテーブルの上に置いて、手紙を書き始めた。

どうにも気になって仕方がない。ペテルブルグでないとしたら、僕はいったいどこへ送られるんだ？　とてもゆったりと動く父さんのペンから僕は目を離さなかった。父さんはようやく書き終えた手紙を、身分証明書と一つにまとめて封をした。それから眼鏡を外し、僕を呼び寄せて言った。「これはアンドレイ・カールロヴィチ・Rへの手紙だ。わしの古い同僚、友人でな。お前はオレンブルグ[14]へ行って、この人のもとで軍務につくのだ」

こうして、僕の輝かしい希望は何もかも崩れたんだ！　ペテルブルグでのにぎやかな生活の代わりに僕を待っていたのは、わびしい、はるかかなたの地での退屈な守備隊暮らしだった。ついさっきまで有頂天になって思いをめぐらせていた軍務が、いまや重苦しい災厄に感じられた。でも、つべこべ言ってもあとの祭りだ！　あくる日の朝早く、玄関先には旅行用の幌付き橇が用意されていた。旅行かばん、茶道具一式の箱、それに白パンやピローグ[15]といった、家庭での甘やかしの形見を入れた包みが積み込まれている。両親は僕を祝福した。父さんは言った。「さらばだ、ピョートル。誓いを立てた人には忠実に仕えろ。上官の言うことはよく聞け。取り入ろうとするな。仕事をねだるな。仕事を断るな。この諺を覚えておけ、『服は新しいうちから大切に、名誉は若いうちから大切に』だ」母さんは涙を浮かべて、僕には体を大切にするよう

14　ウラル山脈の南西、ウラル川沿いの町。モスクワの南東約千五百キロメートルにある。軍事、商業の要衝であり、当時は反乱が多発していた。

15　ロシア風のパイ。

に、サヴェーリイチには息子の面倒をしっかり見るように言いつけていた。僕は兎皮の長外套《トゥループ》を、その上からさらに狐皮の外套《シューバ》を着せられた。そして、サヴェーリイチと橇に乗って出発したんだ、涙で頬を濡らして。

その夜、シムビールスクに着いた。必要なものを買いそろえるためにここに一昼夜留まらなければならない。買い物はサヴェーリイチに任せてある。僕たちは旅籠に泊まった。サヴェーリイチは朝から買い出しに出かけた。窓ごしの薄汚れた路地も見飽きたので、僕は旅籠中の部屋をぶらぶらと見て回った。ビリヤード室にいたのは長身の紳士で、三十五歳ぐらい、黒くて長い口ひげをたくわえ、ガウンを羽織って、キューをつかみ、パイプをくわえている。彼は記録係の男を相手にゲームをしていて、記録係は勝ったらウォッカを一杯もらい、負けたら四つん這いになって台の下へ入り込まなければならない。僕はゲームを見物し始めた。ゲームが続くにつれて四つん這いが多くなり、とうとう記録係は台の下へ入りっぱなしになる。紳士は記録係に弔辞めいた言葉をお見舞いすると、僕に一勝負どうですと持ちかけてきた。撞けないんですと僕は断った。どうやら彼にはそれが不思議なようだった。彼は気の毒そうに僕を眺めていた。それでも僕たちは話し始めた。彼はイヴァン・イヴァーノヴィチ・ズーリンといい、＊＊軽騎兵連隊の大尉で、新兵受け入れのためにシムビールスクに来ていて、この旅籠に泊まっているという。ありあわせのもので兵隊式に食事をしようとズーリンが誘ってきたので、喜んで応じた。僕たちはテーブルについた。ズーリンはしこたま酒を飲んだ。そして、軍務に慣れなきゃいかんと言いながら、酒をすすめてきた。彼が話してくれた軍隊のアネクドート[16]に僕は笑い転げ、テーブルを離れるころには僕たちはすっかり仲良くなっていた。彼はビリヤードを教えてやろうと買って出た。「これはだな」彼は話していた。「我々軍隊仲間には不可欠なのだ。例えば、行軍中にちっちゃな町にやってきたとしよう。いったい何をする？　ユダヤ人どもをなぐってばかりもいられん。しぶしぶ旅籠へ行ってビリヤードでも、となる。だから、撞けるようにしておかねば！」僕はおおいに納得し、真面目に教わり始めた。ズーリンは大声をあげて励まし、僕の上達の早さに驚いていたけれど、何度かレッスンをしたあとで賭けゲームを持ちかけてきた。一点一グロシ[17]、儲けるのが目的ではなく、賭

16　小噺。
17　当時の貨幣単位で二コペイカにあたる（百コペイカが一ルーブル）。

けずにただでゲームをするという最も汚らわしい習慣を避けるためだという。僕が応じると、ズーリンはポンチ[18]を注文した。そして、軍務に慣れなきゃいかん、ポンチ抜きの軍務などあるか！と繰り返しながら、試してみろと言ってくる。僕は言う通りにした。そうこうしながらゲームは続いた。コップからちびちびやる回数が増えるほどに、気が大きくなっていった。僕が撞いた球はどんどん縁を飛び出していく。熱くなって、いい加減に点数を数えていた記録係に食ってかかった。時がたつにつれて勝負が大きくなる。ひとことで言うならば、僕はいきなり自由になった若造よろしく、やらかしてしまったんだ。知らないうちに時間が過ぎていった。ズーリンは時計を見てキューを置くと、僕の百ルーブルの負けを告げた。これにはちょっと面食らった。お金はサヴェーリイチが持っている。僕は言い訳し始めた。ズーリンは僕の言葉をさえぎって言った。「いやいや！　心配しなさんな。待ってもいい。ひとまずアリーヌシカのところへ行こう」

もうどうしようもない。僕の一日の終わりは、始まりと同じくらいだらしがなかった。僕たちはアリーヌシカの店で夜食をとった。ズーリンは、軍務に慣れなきゃいかんと繰り返しては、どんどん僕のコップに酒を注ぎ足す。テーブルを離れるころには、僕は立っているのがやっと。ズーリンが僕を旅籠へ連れ帰ったのは真夜中だった。サヴェーリイチが玄関先で僕たちを出迎えた。軍務に対する僕の熱意の疑いなき兆候を見てとると、彼はため息をついた。「こりゃ坊っちゃん、いったいどうしました？」悲しそうな声だ。「どこで飲んだくれちまったんです？　あわわ、神さま！　生まれてこの方、こんな悪さはされてこなかったのに！」「黙れ、老いぼれ！」僕はろれつも回らずに言い返した。「お前こそ間違いなく酔ってるぞ。さっさと寝ちまえ……いや、僕を寝かせろ」

翌日、目を覚ますと頭が痛かった。僕は、昨日の出来事をぼんやり思い出していた。それをうち破ったのは、お茶をカップに入れて持ってきたサヴェーリイチだった。「早すぎますよ、ピョートル・アンドレーイチ[19]」首を横に振りながら、彼は言った。「遊びほうけるのは早いです。いったいどなたに似たんでしょうな？　お父様も、お祖父様も呑み助ではありませんでしたぞ。お母様は言うにおよびません。生まれてこ

18　パンチ。ポンス。ワインやラム酒などのアルコールに、水、砂糖、レモン汁などの果汁を混ぜた飲み物。
19　正式には「アンドレーエヴィチ」という父称だが、会話の中などでは縮めて言われることもある。

の方、クワス[20]の他は、何も口にお入れになりませんでしたのに。じゃあ、誰のせいかって？　あの忌まわしいムッスーですよ。アンチーピエヴナのところへ『マダーム、ウォッキャ、ジェ・ヴー・プリー』[21]ってちょくちょく押しかけてましたからな。今度はあなたまで「ジェ・ヴー・プリー」とは！　開いた口がふさがりません。立派にしつけたもんですな、あの犬っころめ。どうしてあんな異教徒を雇わなきゃならなかったんだか。まったく、旦那さまは、おらたち身内の人間じゃだめだってえのか！」

僕は恥ずかしかった。そっぽを向いて彼に言った。「向こうへ行ってくれ、サヴェーリイチ。お茶はいらない」だけど、サヴェーリイチが説教を始めたなら、おとなしくさせるのは一苦労だった。「ほらね、ピョートル・アンドレーイチ、酔っ払うってのがどういうことか分かったでしょう。頭は重いし、食べる気はしない。飲むやつなんぞ何の役にも立ちません……。キュウリの漬け汁にハチミツを入れて飲んでください。コップ半分の浸し酒で迎え酒ってのが一番ですがね。そうしますか？」

このとき男の子が入ってきて、I・I・ズーリンからの書き付けを僕に渡した。広げると、こう書いてあった。

「親愛なるピョートル・アンドレーエヴィチ、昨日君が私に負けた百ルーブルを、どうかこの子に持たせてください。どうしても金が必要なのです。

敬具

イヴァン・ズーリン」

どうしようもない。僕は何食わぬ顔をしてサヴェーリイチに、この「金から、下着から、僕の一切合切の世話役[22]」に、この子に百ルーブル渡すように言いつけた。「えっ！　どうしてです？」サヴェーリイチはあきれてたずねた。「僕には彼にそれだけの借りがあるんだ」つとめて冷静に答えた。「借りですって！」言い返すサヴェーリイチは、時がたつにつれてますますあきれ果てていく。「坊っちゃん、借りなんて

---

20　ライ麦と麦芽を発酵させた飲料。一パーセントから三パーセント程度のわずかなアルコール分を含む。

21　「お願いします《ジェ・ヴ・プリ》」というフランス語の音をまねている。「ウォッキャ」も、ボプレの言う「ウォッカ」をまねている。

22　デニース・フォンヴィージンの詩「わが召使たち、シュミーロフ、ヴァーニカ、ペトルーシカに送る」（一七七〇）のシュミーロフの人物描写の一行。

いつの間に作られたんです？　どうもおかしいですなあ。したいようになさったらいいですが、坊っちゃん、金は出しませんからね」

　僕は考えた。もしもこの決定的瞬間にこの頑固じいさんを言い負かせなければ、この先もずっと彼の監督から逃れるのは難しくなるだろう。それで僕は堂々と彼を見ながら言った。「僕はお前の主人、お前は僕の召使だ。お金は僕のものだ。負けたのは、そうしようと思ったからだ。お前に忠告しておくが、分かったような口をきくな。言いつけられる通りにやればいいんだ」

　僕の言葉に驚いたサヴェーリイチは、両手を打ち合わせて棒立ちになった。「何を突っ立ってる！」僕は怒りにまかせて声を荒らげた。サヴェーリイチは泣き出した。「ねえ、ピョートル・アンドレーイチ」彼の声が震えている。「あんまり悲しませないでください。大切な坊っちゃん！　おらの言うことを、このじいさんの言うことを聞いてください。そのならず者にこう書くんです。あれは冗談だ、そんな大金持ってやしない。百ルーブル！　とんでもない！　両親からきつく禁じられたんだ、賭けるならクルミぐらいにしろって。そう書いてください」「嘘をつくのはたくさんだ」僕はきっぱりと彼の言葉をさえぎった。「ここに金を持ってこい。さもないと、お前の首根っこをつかんでつまみ出すぞ」

サヴェーリイチはひどく悲しそうに僕を眺めていたけれど、借りた分の金を取りに行った。じいさんには本当に気の毒だけれど、僕は束縛から抜け出したかったし、自分がもう子どもでないことを証明したかったんだ。金はズーリンに届けられた。サヴェーリイチはこの忌まわしい旅籠から、一刻も早く僕を連れ出そうとした。馬の準備ができたという知らせとともに彼がやってきた。穏やかならざる良心と、物言わぬ後悔を抱えて、僕はシムビールスクを出ていった。僕の先生に別れも告げずに、この人といつかまた会うなどとは思いもせずに。

# 第二章　案内人

おれの土地だか、ふるさとか、
このあたりには馴染みがない！
おれがこっちへ来たんでも、
駿馬がつれて来たんでもない。
気のいい若人、このおれを
若い血気と心意気、
酒場の酔いがつれて来た。

古い歌謡[1]

道中で考えていたのはあまり愉快なことではなかった。僕の負けた額は、当時の貨幣価値にすれば、見過ごせるものではない。内心では、シムビールスクの旅籠での愚かな振る舞いを認めないわけにはいかなかったし、サヴェーリイチにもすまないと感じていた。そんな何もかもが僕を苦しめた。じいさんは不機嫌そうに御者台に腰かけて、そっぽを向いてずっと黙りこくり、ときどき喉を鳴らすばかりだ。僕はずっと仲直りをしたかったけれど、そのきっかけがつかめずにいた。とうとう僕は彼に言った。「ねえ、ねえ、サヴェーリイチ！　もういいだろう、仲直りしよう。ごめんよ、申し訳ないと思ってる。昨日は悪いことをやらかしたし、ただただお前をがっかりさせてしまったね。約束するよ、これからはもっとちゃんとするし、お前の言うことを聞く。なあ、怒るなよ、仲直りしよう」

「はあ、ピョートル・アンドレーイチ！」深くため息をついて彼は答えた。「おらは

1　一七八〇年にニコライ・ノヴィコーフが刊行した歌謡集にある歌「おれを生んだのはおっかさん」から、若干言葉を換えて引用している。

自分に腹を立てているんです。ぜんぶこのおらが悪いんですよ。何だっておらは坊っちゃん一人を旅籠に置いてけぼりにしたんだか！　どうしてだか？　魔が差したんです。寺男[2]の奥さんのところに行こうと思ったんですよ。おらの代母[3]なんでね。寄ったはいいが、帰るに帰れなくなっちまって。とんでもねえことに！　旦那さまたちがおらをどうお思いになるか？　坊っちゃんが飲んだり打ったりしていると知ったら、なんとおっしゃるか？」

気の毒なサヴェーリイチを慰めたくて、僕は約束した。これからは彼に断りなく一コペイカたりとも自由にしないと。サヴェーリイチは少しずつ落ちつきを取り戻してきた。それでもときどき首を横に振っては、「百ルーブル！　ただごとじゃあねえ！」と一人でつぶやいていたけれど。

任地へ近づいていた。あたりには丘や谷に切りとられて、物悲しい荒野が広がっている。一面が雪におおわれている。日は沈みかけている。橇は細い道を、より正確に言えば、農民たちの橇の跡を進んでいく。御者はだしぬけに横を見始めると、しまいには帽子をとり、振り返って言ってきた。「旦那、引き返しちゃどうです？」

「どうして？」

「どうもよくねえんです。風が少し出てきました。降ったばかりの雪が飛ばされてまさあ」

「たいしたことないだろ！」

「それじゃあ、あれが見えますかい？」（御者は鞭で、東の方をさした）

「何も見えないな、真っ白いステップ[4]と晴れた空の他には」

「いやもっと向こう。あのちっちゃな雲ですよ」

たしかに空のかなたに小さな白い雲があった。僕はそれを最初、遠くの丘だと思っていたんだ。御者は、この雲が大吹雪の前触れだと言う。

このあたりの吹雪の話は聞いたことがあって、荷橇の一団が丸ごと雪に埋まってしまうことがあるというのも知っていた。サヴェーリイチは御者の考えに賛成して、引き返すようすすめてくる。だけど、風はそう強くもなさそうだ。吹雪が来る前に何と

2　教衆。堂役。正教会で主教など聖職者たちを補助する。
3　キリスト教の世界で、洗礼に立ち会い、その後の信仰における導き手となる人物を代父母という。
4　広義では砂漠周辺などの樹木の茂らない草原。ここでは特にシベリア南西部から中央アジアにかけて広がっている大草原、大平原のこと。

か次の宿場までたどり着けるだろうと思ったので、もっと急ぐように命じた。

御者は飛ばした。しかし、東の方をずっと気にしている。馬たちは足並みをそろえて駆ける。風はその一方で、時がたつにつれて強まっていく。小さな雲は白い雪雲に変わると、もくもく立ち上がって大きくなり、次第に空をおおっていく。粉雪が落ちてきたと思ったら、にわかに綿雪が吹き寄せてきた。風が吠え始めた。吹雪になったんだ。あっという間に暗い空は雪の海と混ざり合っていく。すべてが消えた。「さあ、旦那」御者が叫んだ。「大変だあ、大吹雪だ！」……。

幌の中からのぞいてみた。一面の暗闇に渦巻く風。風は荒々しく吠えまくり、まるで命を吹き込まれたかのようだ。僕もサヴェーリイチも雪に埋もれた。並足で進んでいた馬たちが、しばらくして止まった。「なんで進まないんだ?」僕はいらだって御者にたずねた。「進めるもんですか」御者台から降りながら彼は答えた。「どこへ乗り入れたんだか、さっぱり分からねえ。道がねえんです。あたりは真っ暗ですし」僕は御者に食ってかかろうとした。サヴェーリイチは御者の肩を持った。「言うことを聞かなかったからですよ」彼は腹立たしそうに言った。「宿屋に引き返して、お茶をたっぷり飲んで、朝までぐっすり眠ればよかったんです。嵐がやんでから、先へ進めばよかったのに。急ぐ必要なんかないんですよ。結婚式に行くんじゃないんですから！」サヴェーリイチの言う通りだった。どうしようもない。雪はどんどん吹き寄せる。橇の周りに吹きだまりができる。馬たちはじっとして頭を下げ、ときおり体をぶるっと震わせる。御者はあたりを歩き回って、手持ち無沙汰に馬具を直している。サヴェーリイチは一人でぶつぶつ言っている。僕は人家や道のしるしがないかと四方八方に目を凝らすけれど、何も見分けがつかない。おぼろげに巻き上がる雪の他には……。とそのとき、何か黒いものを見つけたんだ。「おい、御者！」僕は叫んだ。「あれ、向こうに見える黒いのは何だ？」御者はじっと先を見つめた。「神のみぞ知る、ですよ、旦那」御者台に腰を下ろしながら彼は言う。「荷車のようで荷車でもねえし、木のようで木でもねえ。でも動いてるみてえだなあ。きっと、オオカミか人間でしょう」

得体のしれない物体を目指して進むように命じた。すると、それも僕たちの方へ動き出した。二分ほどして僕たちは一人の男と肩を並べていた。「おい、あんた！」その男に御者が叫ぶ。「なあ、ちょっと聞きてえんだが、道はどこだ、分かるかい？」「道はここだよ。固い地面の上に立ってらあ」道の男は答えた。「だったら何だってんだ？」

「ねえ、おじさん」僕は彼に言った。「このあたりをよく知っているかい？　どこか泊まれる場所まで連れていってくれないか？」

「このあたりはお馴染みでしてね」道の男は答えた。「おかげさんであちこち歩いたり、乗ったりしてますから。だけどこの天気だ。すぐに迷っちまいますよ。ここに止まって待ってた方がいいです。吹雪もおさまるでしょうし、空も晴れるでしょう。そしたら、星をたよりに道を見つけられますよ」

男の冷静さが僕を元気づけた。僕はもう決心していた。神の意志に身をゆだねて、ステップの真ん中で一夜を明かそう。すると、道の男は御者台に飛び乗って、御者に言った。「おい、ありがてえぞ、近くに家がある。右へ回って行ってくれ」「なんで右なんだ？」不満そうに御者が聞いた。「どこに道が見える？　ははあ、他人の馬だ、荷物もてめえのじゃねえ、いけいけ止まるな、ってか」御者の言う通りに思えた。「だけど」僕は言った。「どうして、近くに家があると思うんだい？」「風が、向こうから吹いたんですよ」道の男が返した。「でね、おいらには煙のにおいがしたんです。村が近いってことですよ」男の賢さと鋭い嗅覚に舌を巻いた。僕は御者に進むよう命じた。深い雪の中を行く馬たちの足取りは重い。橇はゆっくり動いていく。雪だまりに突っ込み、くぼみにはまり、あっちへ、こっちへ。さながら、嵐の海を渡る船のようだった。サヴェーリイチはひっきりなしに僕の横腹にぶつかっては、ため息をついていた。僕は幌の入り口を閉じると、外套にくるまってうとうとし始めた。嵐の歌声と橇の静かな揺れにあやされて。

夢を見た。この夢はずっと忘れられなかったし、僕の人生の数奇な出来事と合わせて考えると、今でも僕はこの夢の中に何か予言めいたものがあるように思う。これを読んでいる人は僕を許してくれるだろう。どれだけ偏見を蔑んでいても、人間とは生まれつき迷信に身をゆだねるものだということを、経験を通してきっと知っているだろうから。

現実が空想に道をゆずりつつ、眠りかけの淡い幻のうちで空想と一つに混ざり合う。僕の感覚や心はそんな状態にあった。大吹雪は今も荒れ狂い、僕たちは雪の荒野をまださまよっているようだった。……すると僕は我が家の門を見つけ、屋敷の中へ入っていった。最初に浮かんだのは、心ならずも親元へ戻ってきた僕に父さんが腹を立てていやしないか、わざと言いつけに背いたと考えていやしないかという心配だった。

ドキドキしながら橇から飛び降りた。すると、玄関先で僕を迎える母さんが深い悲しみにつつまれている。「静かにね」母さんが言う。「お父様はご病気でご危篤なの。あなたにお別れを言いたいのよ」僕はおそるおそる、母さんに続いて寝室へ入る。部屋にはうっすらとあかりが灯り、寝台のそばには悲しそうな顔の人たちが立っている。そっと寝台に近づくと、母さんが帳を少し上げて言う。「アンドレイ・ペトローヴィチ、ペトルーシャが着きましたよ。あなたがご病気だと聞いて帰ってきたんです。祝福してあげて」僕はひざまずいて、病人をのぞき込んだ。あれ？……。父の代わりに寝台で横になっているのは黒いあごひげを生やした農夫で、楽しそうに僕を見つめている。よく分からない僕は母さんに言う。「どういうこと？　この人は父さんじゃない。どうして僕が農夫に祝福してもらわなくちゃいけないの？」「同じことよ、ペトルーシャ」母さんが答えた。「この人はあなたのお父さん代わりなの。この人の手にキスして。祝福してもらいなさい」……僕は応じなかった。すると、農夫は寝台から飛び起きて、背中から斧をつかみ出すと、四方八方に振り回し始めた。逃げ出したい……でもできなかった。部屋は死体でいっぱいになった。僕は死体につまずき、血の海で足をすべらせた。……恐ろしい農夫は優しく呼びかけてくる。「怖がらなくていい。祝福してやるからこっちへこい……」恐怖と疑惑が僕をとらえた。……とそのとき、目が覚めた。馬たちは止まっている。サヴェーリイチが僕の手を引っぱって言う。「降りてください、坊っちゃん。着きました」

「どこに着いた？」目をこすりながらたずねた。

「宿屋です。神さまのおかげで、塀につき当たったんです。さあさあ、降りてください、坊っちゃん。温まってください」

　橇から出た。弱まったとはいえ、まだ吹雪いている。いくら目を凝らしても真っ暗闇だ。主人は服の裾で手燭をかばいながら、門のそばで僕たちを出迎えてくれた。僕が案内されたのは、狭いけれど小ぎれいな部屋で、たいまつが灯されている。壁にはライフル銃と背高のコサック帽が掛けてある。

　主人はヤイーク・コサック[6]の生まれで、見たところ六十歳ぐらいの農夫だが、まだまだ元気溌剌《はつらつ》だ。サヴェーリイチは僕のあとから茶道具一式の箱を運び込み、お茶を

---

5　ロシアの民衆の習わしでは、結婚式で花婿の実父に代わって、花婿の親戚や友人から選ばれた仮父が、花婿を花嫁の家族に紹介する。

淹れるために火を頼んだ。このときほどお茶が欲しいと思ったことはない。主人はあたふたと支度をしに出ていった。

「案内人はどこにいる?」僕はサヴェーリイチにたずねた。

「ここでさあ、だんな」上から答える声がした。寝床《パラーチ》[7]を見上げると、黒いあごひげとぎらぎらと光る二つの目が見えた。「どうした兄弟、凍えたのかい?」「薄っぺらの農民外套《アルミャーク》[8]一つで凍えないわけがないでしょう! 長外套があったんですけどね、実を言うと、ゆうべ酒代のかたに置いてきちまったんです。こんなに寒いとは思わなかったんで」そこへ主人が沸き立つサモワール[9]を持って入ってきた。僕は案内人にお茶を一杯すすめた。彼は寝床から出てきた。その姿にはどこか見どころがあるように思える。年は四十ぐらい、背は中くらい、やせ型で肩幅が広い。黒いあごひげには白いものも混じっている。生き生きとした大きな目がよく動く。顔の表情はかなり感じが良いけれど、どこか信用が置けなかった。頭は丸く刈り込まれている。ぼろぼろの農民外套に、タタール風のゆったりしたズボン。僕はお茶を渡した。彼は一口飲んで顔をしかめた。「だんな、お願いです。酒を一杯、頼んでくれませんか。お茶なんて、おいらたちコサックの飲み物じゃありませんや」僕は喜んでその願いをかなえてやった。

主人は棚から酒瓶とコップを取り出すと、彼に近寄って顔をのぞき込んだ。「ははあ」主人は言った。「お前さん、またこの土地にいるのか！　いったいどこからやってきた？」案内人は意味ありげに目配せすると、たとえを使って答えた。「畑を飛び回って、麻の実をついばんでたんだ。ばあさんは石を投げたけど、これが大外れでさ。それで、あんたらはどうだ？」

「はあ、わしらはだな！」たとえ話を受けながら、主人が答えた。「日が暮れて鐘を撞こうとしたんだが、坊さんの奥さんが撞けと言わんのだ。坊さんは出かけているし、墓場には悪魔がいるからな」「黙っとけ、おっさん」この流れ者が言い返した。「雨が降ったら、キノコも生える。キノコが生えりゃ、籠も出る。ひとまず（ここで彼はま

6　コサック（カザーク）の名称の由来はチュルク語の「自由な人」と言われる。十五世紀以降にロシア南部やウラル地方に住んでいた混血種族を指している。また、ヤイークは現在のウラルの古称。
7　農家の暖炉と向かいの壁の間に作られた寝床で、天井に近い位置にあって温かい。
8　農民や御者が着ていた、裾が長く、ひだのない、ゆったりとした外套。
9　ロシアの家庭にある、茶を入れるための金属製の湯沸かし器。

た目配せをした）斧は背中に差しとけ。森番が歩き回ってるぞ。だんな！　健康を祝しまして！」そう言って彼はコップを手に取ると、十字を切って一気に飲み干した。それから僕にお辞儀をして、寝床へ戻っていった。

　そのとき僕はこの泥棒たちの会話をまるで理解できていなかった。のちに分かったのだけれど、ここで話していたのはヤイーク・コサック軍の事件のことだ。当時、一七七二年の反乱[10]のあとで鎮圧されたばかりだった。サヴェーリイチはかなり不満そうに聞いていた。彼は疑わしげにときには主人を、ときには案内人を見ていた。この宿屋、あるいは現地の言葉でいう「草の宿《ウミョート》」は、街道から外れた、人里離れたステップにあって、まるっきり盗賊の根城のようだった。だが、どうしようもない。このまま旅を続けるなんて考えられない。サヴェーリイチの心配する様子が、僕には愉快だ。そうこうするうちに僕は寝る支度をして、腰掛けに寝転がる。サヴェーリイチはペチカの上へ行く。主人は床に寝転がる。やがて家全体がいびきをかき始め、僕はまるで死んだように眠った。

　あくる日の朝、かなり遅くなってから目を覚ますと、嵐はやんでいた。太陽が輝いている。目もくらむような雪の掛布が、果てしないステップに広がっている。馬の用意はできている。僕は宿の勘定を払った。主人が請求してきたのがとても手ごろな額だったので、サヴェーリイチでさえいつものように文句を言うことも、値切り始めることもなかった。昨日の疑いは彼の頭からきれいさっぱり消えている。僕は案内人を呼び、助けてくれた礼を言い、サヴェーリイチには酒代として半ルーブルをこの男にやるように言いつけた。サヴェーリイチは顔をしかめた。「酒代に半ルーブル！」彼は言った。「なんでです？　あなたが宿屋までこの男を乗せてきてやったお礼だとでも？　ご勝手にどうぞ、坊っちゃん。ですがね、半ルーブルだって余分な金はありません。誰彼かまわず酒代なんぞやってたら、こちとらがすぐにおまんまの食い上げですよ」サヴェーリイチとは言い争えなかった。約束した通り、お金はすべて彼の管轄下にある。それでも僕は癪にさわった。災難とまではいかずとも、少なくとも極めて不愉快な状況から僕を救い出してくれた人物にお礼ができないのだから。「分かっ

10　プガチョーフの反乱の前年、一七七二年一月にヤイーク・コサック（ウラル・コサック）がロシア政府に対して起こした反乱。その年の夏には鎮圧されたことになっているが、『プガチョーフ反乱史』（『プガチョーフ史』）でプーシキンはこの鎮圧について、見かけ上の平安は保たれているものの、その裏では秘密の集会が開かれていたと記している。

た」僕は落ち着いて言った。「半ルーブルをやるのがいやなら、僕の服をどれか出してくれ。あの男はあんまり薄着だからね。兎皮の長外套をやってくれ」

「とんでもないですよ、ピョートル・アンドレーイチ！」サヴェーリイチが言った。「どうして兎皮の長外套をやるんです？　あの犬めは飲み代にしちまいますよ、最初に入った酒場でね」

「じいさん、あんたがどうこう言うことじゃねえよ」この流れ者が言った。「おいらが飲んじまうかどうかはな。だんながおいらにご自分の外套を脱いで下さるってんだ。主がそうお望みなんだ。あんたの召使としての本分は口ごたえすることじゃねえ、言いつけを守ることだ」

「お前は神さまが怖くねえのか、追いはぎ！」腹立たしそうにサヴェーリイチが返した。「子どもでまだ分別がつかねえからって、坊っちゃんのお人好しにつけ込んで面白がって巻き上げて。旦那が着るような長外套がお前なんぞに要るもんか。お前の罪深い肩には合わんだろうよ」

「そう理屈をこねなさんな」僕はじいやに言った。「いいから長外套を持ってきてくれ」

「あーあ、どうしたもんだか！」サヴェーリイチはうめくように言った。「兎皮の長外套、ほとんど新品なのに！ よりによって素寒貧の飲んだくれにやるなんて」

それでも兎皮の長外套が出てきた。男はすぐに袖を通してみた。実際のところ、僕にも小さくなっていた長外套は、男にはちょっときつかった。だが、どうにかこうにかして着込んだ。縫い目がプチプチほつれていく。糸の切れる音を聞いて、サヴェーリイチは今にも吠えそうだ。流れ者はこの贈り物にいたく満足していた。僕を橇まで送ってきて、深々とお辞儀をしながら言った。「ありがとうございます、だんな！ あなたのお慈悲に報いがありますように。この御恩は一生忘れません」彼は自分の道を行き、僕もさらに先へと出発した。悔しがるサヴェーリイチには構わずに。やがて昨日の吹雪のことも、案内人のことも、兎皮の長外套のことも忘れてしまった。

オレンブルグへ到着すると、僕はそのまま将軍のもとへ行った。背の高い人だが、年のせいで腰が曲がっている。長い髪は真っ白だ。古い、色あせた軍服はアンナ・ヨアーノヴナ[11]の時代の兵士を彷彿させ、話し方にはドイツ風のなまりが強く感じられる。[12]

11 ロシア皇帝（在位一七三〇～一七四〇）。ピョートル一世の異母兄の娘。

僕は父さんからの手紙を渡した。父さんの名を見て、将軍はさっと僕に目を向けた。

「いやまったく！」彼は言った。「すっと昔、アンドレイ・ペトローヴィチは君くらいの年だった。それがいましゃあ、こんなせかれがいるのか！　しかん、しかんがたったものだなあ！」彼は手紙を開封すると、注釈を付けながら小声で読み始めた。「『アンドレイ・カールロヴィチ殿[13]、願わくは閣下が』……なんてきょうきょうしい。くそっ、あやつははすかしくないのか！　無論、規律たいいちが、かつての仲間に宛ててこんな書き方をするか？……。『閣下がお忘れでないこと』……ふむ……『そして……当時……今は亡き元帥ミーニ[14]……行軍で……そしてまた……カロリンカを』……こいつは、兄弟《ブルーダー》！　あんな昔の悪さまた忘れとらんのか？……。『さて本題であります……貴殿のもとに豚児を』……ふむ……『ハリネズミの手袋にてお扱いになるよう[15]』……ハリネスミの手袋とは何だ？　きっとロシア慣用句だな。……いったいどういうことかね、『ハリネスミの手袋で扱う』とは？」彼は繰り返した。

「それはですね」僕はなるべく無邪気に見えるようにして答えた。「優しく、厳しすぎることなく接するという意味です。大いに自由を与える、ハリネズミの手袋で扱うということです」

「ふむ、なるほど……。『自由をお与えなきよう』……いや、ハリネズミの手袋とはつまりそうではないな……。『つきましては……彼の身分証明書を』……どこにある？　あ、これか……。『セミョーノフ連隊から除籍』……了解、了解した、すべて取り計らおう……。『地位を抜きにして君を抱擁することを許されよ、そして……かつての同僚として、旧友として』あ！　ようやく合点がいったわい……かくかくしかじか……。さて、君のことだが」手紙を読み終えて、身分証明書を横へ置くと彼は

12　アンドレイ・カールロヴィチのセリフでは、ロシア語のいくつかの単語の有声子音字が無声子音字に置き換えられている。日本語訳では傍点を付した文字について、濁音符を外してみた。また、アンドレイ・カールロヴィチのセリフには、ロシア語文法の不正確な点がいくつか見られる。

13　プーシキンは、実際にオレンブルグの県知事であったイヴァン・アンドレーエヴィチ・レインスドルプ（一七八一年没）のいくつかの特徴をアンドレイ・カールロヴィチの人物像の中に取り込んでいる。また、アンドレイ・カールロヴィチの父称カールロヴィチから、父の名がカールであり、ドイツ系であることが推測される。

14　フリストフォール・ミーニフ（第一章注3を参照のこと）による、一七三三年のプロシア遠征に参加したことを回想している。

15　慣用句で「厳格に扱う」という意味。

言った。「すべて取り計らおう。つまり、君は将校として＊＊＊連隊[16]に転任するが、時間を無駄にしないためにも、明日にもベロゴールスク要塞[17]へ行って、ミローノフ大尉の隊に加わるがいい。善良で誠実な人だぞ。そこで実地勤務で規律を学ぶのだ。オレンブルグで君がすべきことは何もない。ぼーっとしておったら若者には毒だからな。まあ、今日はうちで食事をしていきなさい」

「どんどんひどくなる！」僕は心の中で考えた。「母さんのお腹にいたときにはもう近衛の軍曹として登録されていたっていうのに、それが何の役にも立たなかったじゃないか！　どこへ連れていかれるって？　＊＊＊連隊、キルギス・カイサーツクステップ[18]の国境の、辺鄙な要塞だぞ！……」僕はアンドレイ・カールロヴィチの家で、彼の年老いた副官と三人で食事をした。テーブルはドイツ式の厳格な倹約精神が支配していた。思うに、このやもめ暮らしの質素な食卓にときおり余計な客を迎えるという恐怖心こそが、僕を早々に守備隊へ遠ざける原因なのだろう。翌日、僕は将軍に別れの挨拶をして、任地へ向けて出発した。

16　草稿では「シェムシンスク竜騎兵連隊」となっている。実際に当時、この連隊の一部はウラル地方の守備隊に加わっていた。

17　この要塞は実在せず、草稿では名前はついていなかった。一八三三年秋にプーシキンがオレンブルグ周辺のいくつかの要塞をたずねたときの印象と『プガチョーフ反乱史』（第二章）に記された題材に基づいて描写されている。

18　カスピ海の北東に広がるステップ地域の古称。

# 第三章　要塞

俺たちゃ堡塁暮らし、
パンを食べて水を飲む。
残忍な敵どもが
ピローグ[1]目当てにやってきたら、
楽しい宴を開いてやろう、
大砲に弾を込めてやろう。

軍人の歌[2]

昔風の人たちでしたよ、あなた。

『親がかり』[3]

ベロゴールスク要塞はオレンブルグから四十露里[4]のところにあった。道はヤイーク川の険しい岸にそってつづいている。川はまだ凍っておらず、鉛色の波が、白い雪をかぶった単調な両岸の間でさびしげによどんでいる。その向こうに広がるのは、キルギスのステップ。僕は物思いにふけっていたが、それはたいてい悲しいものだった。守備隊暮らしにはほとんど魅力を感じなかった。この先の上官となるミローノフ大尉を想像してみたりした。すると、浮かんできたのは厳しく、怒りっぽい老人で、自分

1　第一章注15を参照のこと。
2　引用元は不明。
3　フォンヴィージンの喜劇『親がかり』からの不正確な引用。
4　ロシアの古い距離の単位。一露里は約一・〇六七キロメートル。

の任務以外には何も知らず、ささいなことで僕をいつでも営倉に入れて、パンと水しかくれそうにない。そうしているうちにたそがれてきた。僕たちはかなりの速さで進んでいた。「要塞までは遠いのか？」僕は御者にたずねた。「そうでもないです」彼は答えた。「ほら、もう見えてます」僕はあたりを見回した。いかめしい堡塁や櫓や土塁が見えるかと期待していたんだ。だけど、丸太ごしらえの塀に囲まれたちっちゃな村の他には何も見えなかった。一方には、干し草の山が三つ、四つ、半ば雪におおわれている。もう一方には、傾いた水車小屋があって、靭皮《じんぴ》でできた羽根がけだるく垂れ下がっている。「要塞なんてどこにあるんだ？」僕は驚いてたずねた。「ほら、あれですよ」ちっちゃな村を指さして御者がそう答えたとき、僕たちはもうその中に入っていた。門のそばに鋳鉄製の古い大砲があった。通りはどれも狭く、入り組んでいる。家並みは低く、ほとんどがわら葺きだ。司令官のもとへ行くように言いつけると、橇はまもなく木造の小屋の前で止まった。高台に建てられていて、近くにやはり木造の教会がある。

出迎える者はなかった。軒先へ行って控えの間の扉を開けた。年老いた退役軍人が机に腰かけて、緑の軍服の肘に青いつぎを縫いつけている。僕は彼に取次ぎを頼んだ。

「入ったらいいですよ、さあ」退役軍人は答えた。「みんないますから」僕は小ぎれいな、昔ながらに飾りつけられた小部屋に足を踏み入れた。隅には食器棚があり、壁にはガラス張りの額縁に入った将校任命状が掛けてある。その周りにある版画《ルボーク》[5]の彩りが目を引く。キストリンとオチャコフの占領、[6]それに嫁選びや猫の埋葬を描いたものなどだ。窓辺に座っている老婆は綿入れをひっかけ、頭にはスカーフを巻いている。将校の軍服を着た小柄な隻眼の老人が糸を両手にかけて、彼女がそれを巻き取っていた。

「さあ、どんな御用でしょう?」作業を続けながら、彼女がたずねた。僕は当地へ赴任し、まずは大尉殿のもとへ出頭すべく参りましたと言いながら、隻眼の老人の方へ向きかけた。この人が司令官だと思ったんだ。けれど、女主人は僕が暗記してきた台詞をさえぎった。「イヴァン・クジミーチは留守です」彼女は言った。「ゲラーシム神父を訪ねていきましたの。でもあなた、同じことですわね。私はあの人の妻ですから。

5　十八世紀から十九世紀のロシアにおいて流行した、民衆向けの、素朴で安価な版画。宗教的な主題や、愛国的な主題が多く描かれていた。
6　キストリン（キュストリン）はプロシアの要塞で、一七五八年にロシア軍が包囲した。トルコのオチャコフ要塞をミーニフ元帥（第一章注3を参照のこと）の軍隊が占領したのは一七三七年。

どうぞよろしくお願いいたします。さあ、座ってくださいな」彼女は女中を呼ぶと、下士官《ウリャードニク》を連れてくるように言いつけた。老人は隻眼で、興味深そうに僕を眺めていた。「おたずねしますがね」彼が言った。「あなたはどこの連隊でお勤めだったのでしょうか？」僕は彼の好奇心を満たしてやった。「それではおたずねしますがね」彼は続けた。「あなたはどうして近衛連隊から守備隊にお移りになったのでしょうか？」上層部の意向で、と僕は答えた。「おそらくは、近衛連隊の将校にあるまじき無礼な言動のせいでしょうなあ」倦むことを知らぬ質問者は続けた。「くだらないおしゃべりはいい加減になさい」大尉夫人が彼に言った。「この方は到着されたばかりでお疲れなの。あんたなんかに構っている暇はないわ……。もっと手をまっすぐに……。それで、あなたは」彼女は話を続けて、僕の方を向いた。「こんな辺鄙なところに追っ払われたからって、悲しむことはないわ。こういうのはあなたが最初じゃないし、最後でもないの。住めば都よ。シヴァーブリンが、つまりアレクセイ・イヴァーヌイチ[7]が人を殺したせいでここに移されてきてからもう五年目になるわ。いったいどんな魔が差したというのかしら、神のみぞ知るところね。こういうことなのよ、あの人はとある中尉と一緒に町の外へ出てね、お互いに剣を取って、それで刺し合いですよ。アレクセイ・イヴァーヌイチは中尉を刺してしまったの。それも、二人も立会人のいる前で！　どうしようもないわ。魔が差すのに、上手も下手もありませんから」

このとき、下士官が入ってきた。若い、すらっとしたコサックだ。「マクシームイチ！」大尉夫人は彼に言った。「将校さんをお部屋へご案内して。きれいなところへね」「承知しました、ヴァシリーサ・エゴーロヴナ」下士官が答えた。「このおかたをイヴァン・ポレジャーエフのところにお入れしましょうか？」「馬鹿をおっしゃい、マクシームイチ」大尉夫人が言った。「ポレジャーエフのところはそれでなくても狭いわよ。あの人は私の代父だし、私たちが自分の上官だって承知しているから。ご案内して、将校さんを……。あなた、お名前とご父称は？」「ピョートル・アンドレーイチです」「ピョートル・アンドレーイチをセミョーン・クーゾフのところへご案内して。あのペテン師ったら、自分の馬をうちの畑に放したのよ。それで、マクシームイチ、異常はない？」

---

7　正式には「イヴァーノヴィチ」という父称だが、会話の中などでは縮めて言われることもある。なお、ここで大尉夫人は「姓」のみで「シヴァーブリン」と言ったあとで、より丁寧に「名・父称」で「アレクセイ・イヴァーヌイチ」と言い直している。

「ありがたいことに、万事落ち着いております」コサックが答えた。「ただ、プローホロフ伍長が風呂屋でウスチーニヤ・ネグーリナと、桶一杯のお湯のことでつかみ合いの喧嘩をいたしました」

「イヴァン・イグナーチイチ！」大尉夫人は隻眼の老人に言った。「プローホロフとウスチーニヤの言い分をよく聞いて、どちらが正しいのか、どちらが悪いのか、確かめてちょうだい。そうねえ、喧嘩両成敗だわね。[8] さあ、マクシームイチ、行って。ピョートル・アンドレーイチ、マクシームイチがあなたを部屋にご案内しますからね」

一礼して家を出た。下士官は僕を農家へ連れてきた。それは要塞の一番外れの、高い川岸にあった。農家の半分はセミョーン・クーゾフの一家が使っていたが、もう半分が僕に割り当てられた。十分に清潔なひと間が、仕切りで二つに分けてあった。サヴェーリイチは部屋の中の整理にかかり、僕は狭い窓から外を眺め始めた。目の前に広がるのは、物悲しいステップ。斜め向かいには農家が何軒かあって、通りには鶏が何羽か放し飼いになっている。ばあさんが玄関先でえさの入った桶を提げて、豚たちを呼んでいる。豚たちは彼女にぶーぶーと愛嬌を振りまいていた。これが、僕が青春を過ごす羽目になった土地なんだ！ 憂鬱が僕をとらえた。窓から離れると、夕飯もとらずにベッドにもぐりこんだ。サヴェーリイチが「やれやれ！ 何も召し上がらねえ！ 坊っちゃんが病気になったら、奥さまはなんとおっしゃるやら？」と悲しそうに繰り返すのもお構いなしに。

あくる日の朝早く、僕が着替え始めたとたんに扉が開いて、若い将校が入ってきた。背は高くない。顔は浅黒く、かなり不細工だけれど、この上なく溌剌《はつらつ》としている。「お許しください」彼はフランス語で話しかけてきた。「堅いことは抜きにしまして、お近づきになりたくて、やって参りました。昨日あなたがご到着されたのを知りました

8 大尉夫人のこの会話を、ゴーゴリは一八四七年の『友人たちとの往復書簡抄』の「村の裁判と制裁」の項でとても高く評価した。これに激昂したのが批評家のヴィッサリオン・ベリンスキーで、一八四七年七月十五日のゴーゴリへの有名な手紙の中で次のように書いている。「ロシアの裁判と制裁について、あなたはその理想をプーシキンの中編小説の愚かな老婆のセリフの中に見出しています。正しい者にも、悪い者にも鞭を打たなければならない、そうあなたは考えているのですか？ たしかにわが国では一部でそのように行われていますし、金の力で罪を免れられなければ、しばしば正しい者のみが鞭打たれています。罪もないのに罪人になっているのです」

て、ようやく人間らしい顔にお目にかかれるかと思いましたら、居ても立ってもいられなくなりました。ここでもうしばらく暮らしてみれば、あなたもこの気持ちがお分かりになるでしょう」僕は気がついた。この人が決闘をして近衛連隊から除籍された将校なんだ。僕たちはすぐに打ち解けた。シヴァーブリンはなかなかの切れ者だった。話は辛辣だが面白かった。彼はとても愉快に、司令官の一家や彼の周りの人たちの話や、運命によって僕が連れてこられたこの土地についての話を聞かせてくれた。僕が心から笑っていると、そこへ退役軍人がやってきた。司令官の家の控えの間で軍服を繕っていたあの人だ。ヴァシリーサ・エゴーロヴナが僕を昼食に呼んでいるという。シヴァーブリンが一緒に行くと言い出した。

　司令官の家に近づいていくと、広場に二十人ほどの年老いた退役軍人たちがいた。長い髪を束ねて垂らし[9]、三角帽子をかぶっている。彼らは横隊に整列していた。その前に立っているのが司令官で、かくしゃくとして背が高く、円錐帽子に、南京木綿の長衣を着ている。僕たちを見つけると、彼は近寄って愛想よく話しかけてきた。それから、ふたたび号令をかけ始めた。僕たちはそのまま教練を見学しようとしたが、彼は僕たちに、自分もあとで行くからヴァシリーサ・エゴーロヴナのところへ行くように言った。「それにここには」彼は付け加えた。「君たちが見るべきものは何もない」

ヴァシリーサ・エゴーロヴナは、僕たちを気さくに愛想よく迎えてくれて、僕とはまるでずっと前からの知り合いのようだった。退役軍人とパラーシカが食卓の用意をしていた。「イヴァン・クジミーチったら、今日はずいぶん精が出るわね！」大尉夫人が言った。「パラーシカ、旦那様を昼ごはんに呼んでおいで。それで、マーシャ[10]はどこにいるの？」そこへ十八歳ぐらいの娘が入ってきた。丸顔で、血色がいい。明るい亜麻色の髪は耳の後ろへきれいになでつけられ、耳は赤くなっている。初めて会ったこのとき、僕は彼女があまり気に入らなかった。僕は色眼鏡で見ていたんだ。シヴァーブリンからマーシャ、この大尉の娘は全くの馬鹿だと聞かされていたからだ。マリヤ・イヴァーノヴナは隅に腰かけると、縫い物にとりかかった。そうするうちにシチー[11]が出てきた。ヴァシリーサ・エゴーロヴナは、まだ夫の姿が見えないので、も

9　当時の軍隊の規程では、兵士は頭の両側から巻き毛を伸ばし、それをきつく編んで長く垂らすことになっていた。このきまりは十九世紀初めになって廃止された。

10　「マーシャ」は「マリヤ」の愛称。

う一度パラーシカに呼びに行かせた。「旦那様にこう言うのよ。お客さんたちがお待ちかねです、シチーも冷めてしまいますとね。ありがたいことに教練は逃げていかないし、これからいくらでも怒鳴れるでしょうにねえ」やがて大尉が、隻眼の老人を従えて現れた。「あなた、どうしたんです?」彼に妻が言った。「料理はとっくの昔に出ているのに、いくら呼んでもいらっしゃらないんですもの」「まあ聞いてくれ、ヴァシリーサ・エゴーロヴナ」イヴァン・クジミーチが答えた。「わしは軍務で忙しかったのだ。兵隊どもの教練をしておったのだから」

「まったくもう!」大尉夫人が反論した。「教練なんて言ったって名ばかりじゃないですか。あの人たちには軍務なんてちんぷんかんぷんでしょうし、あなただってよく分かってないでしょう。家の中で神様にお祈りする方がましですよ。親愛なるみなさん、さあ席についてくださいな」

僕たちは食卓についた。ヴァシリーサ・エゴーロヴナは、一分たりとも黙ることなく、僕を質問攻めにした。両親はどんな方? ご存命なの? どちらにお住まいなの? 財産は? 父さんが三百人の農奴を所有していると聞くと、「すごいわねえ!」彼女は言った。「この世の中にお金持ちっているのね! ねえあなた、うちなんか、女中のパラーシカが一人きりですよ。おかげさまで、どうにかこうにか暮らしていますけれどね。唯一の悩みの種はマーシャ。嫁に行ってもいい年ごろなのに、嫁入り道具は？　目の細かい櫛でしょ、箒《ヴェニク》[12]でしょ、それと三コペイカの銅貨（神様、お許しください！）。風呂屋に行くんじゃないんだから。いい人が見つかればねえ。そうでないと、永遠の花嫁[13]になってしまうわ」僕はマリヤ・イヴァーノヴナを見つめた。彼女は全身を真っ赤にして、目の前の皿には涙がぽたぽた落ちてもいた。僕はいたたまれなくなって、急いで話題を変えた。「小耳にはさんだのですが」僕の発言はかなり場違いだった。「あなたたちの要塞をバシキール人[14]たちが攻めようとしているとか」「誰からそれをお聞きになったか？」イヴァン・クジミーチがたずねた。「オレンブルグでそう言われたものですから」僕は答えた。「くだらん！」司令官は言った。「わしらはここしばらくそんな話は耳にしておらん。バシキール人たちは縮み上がっておる

11　キャベツなどの入ったスープ。
12　木の枝を束ねた箒で、蒸し風呂で用いる。体をたたいて発汗を促す。
13　婚期を過ぎても未婚の女性のこと。
14　チュルク語系の民族で、当時はウラル山脈の南や南西のふもとで遊牧的な生活をしていた。

だろうし、キルギス人たち[15]にも思い知らせてある。わしらに突っかかってくることは、よもやあるまいて。襲ってくるというなら、こっちから脅しをかけてやる、向こう十年はおとなしくさせてやるわい」「それであなたは怖くないのですか」僕はさらに、大尉夫人に聞いた。「こんなに危険な要塞に残っていて？」「あなた、もう慣れましたよ」彼女は答えた。「二十年前、私たちが何の因果か連隊からここに移されたときには、呪わしい異教徒たちがどんなに恐ろしかったことか！　オオヤマネコの皮帽子が遠くに見えたり、あの金切り声が聞こえてきたりすると、あなたは信じてくれるかしら、本当に心臓が凍りついたものですよ！　今じゃあそれが慣れっこになって、要塞の周りを悪党どもが走り回っていると報告が来たって、びくともしません」

「ヴァシリーサ・エゴーロヴナは極めて勇敢なご婦人であります」シヴァーブリンがうやうやしく述べた。「イヴァン・クジミーチがそれをご証明されましょう」

「まあ聞いてくれ」イヴァン・クジミーチが言った。「この人はそんじょそこらの臆病者とはわけが違う」

「それでは、マリヤ・イヴァーノヴナは？」僕がたずねた。「あなたみたいに勇気があるのですか？」

「マーシャに勇気があるかですって？」彼女の母親が答えた。「いいえ、マーシャは腰抜け。今だって銃声を聞いたらもうだめ。しまいには震え出してしまうんです。二年前にイヴァン・クジミーチの思いつきで、私の名の日の祝いに大砲を撃ったときなんか、この子ったらもう、あんまり怖がってあやうくあの世に行ってしまいそうだったわ。あのときから忌まわしい大砲は撃ってないの」

僕たちはテーブルを離れた。大尉と大尉夫人はひと眠りしに出ていった。僕はシヴァーブリンのところへ行って、夜遅くまで一緒に過ごした。

15　遊牧民で、当時、オレンブルグの南東のあたりで生活していた。

# 第四章　決闘

さあ、身構えなさい。
あなたを突き刺しますよ。

クニャジニーン[1]

数週間が過ぎてみると、ベロゴールスク要塞での暮らしは我慢できるというだけでなく、心地よくもなった。司令官の家では、僕は家族のように受け入れられていた。夫妻は本当に尊敬すべき人たちだ。イヴァン・クジミーチは、一兵卒の息子から将校にまでなった。無学で単純だけれど、とても誠実で善良な人だ。奥さんに操縦されているけれど、それがのん気なこの人にはうまく合っている。ヴァシリーサ・エゴーロヴナは、軍務にもまるで家事のように目を利かせていて、家と同じように要塞を取り仕切っていた。マリヤ・イヴァーノヴナはすぐに他人行儀でなくなった。僕たちは打ち解けたんだ。彼女が分別のある、感受性の豊かな娘であるのが僕には分かった。自分でも気がつかないうちに、僕はこの素晴らしい一家に愛着を覚えていた。彼らばかりか、あのイヴァン・イグナーチイチ、隻眼の守備隊中尉にさえも。シヴァーブリンはこの人がヴァシリーサ・エゴーロヴナとただならぬ関係にあるかのように口から出まかせを言っていたが、そんな風には全く見えなかった。でも、シヴァーブリンはそんなことは気にしてはいなかった。

僕は将校に任命された。軍務はつらくなかった。神に守られたのどかな要塞には、閲兵も教練も見張り番もない。司令官は気が向けばときどき兵隊たちを訓練している。だけど、どちらが右でどちらが左か、まだ彼ら全員が理解するまでにはなっていない。シヴァーブリンの部屋にはフランス語の本が少しあった。それを読み始めた僕の中に

1　クニャジニーンの喜劇『変わり者たち』（一七九〇）第四幕第十二場より。

は、文学への関心が湧いてきた。午前中は本を読んだり、翻訳の練習をしたり、ときには詩を書いてみたりもする。昼食はほとんど司令官の家でとり、たいていはそこで一日の残りを過ごす。晩には、ゲラーシム神父が奥さんのアクリーナ・パムフィーロヴナと一緒にやってくることもある。このあたり一帯の情報は彼女から入ってくるんだ。Ａ・Ｉ・シヴァーブリンとは、もちろん毎日会っていたんだけれど、時がたつにつれて彼との会話は面白くなくなってきた。彼がいつもいつも司令官一家のことを茶化して言うのが、とりわけ、マリヤ・イヴァーノヴナについて辛辣に意見するのが僕には全く気に入らなかった。要塞の中での付き合いは他になかったけれど、さらに別の付き合いが欲しいとは思わなかった。

予想に反して、バシキール人たちの蜂起はなかった。僕たちの要塞の周りを、のどかさが支配していた。だけど、この平和はにわかに生じた内輪もめで破られたんだ。

さっき話したように、僕は文学をやっていた。僕が書いていたのは、当時にしてみればなかなかのもので、何年かあとにはアレクサンドル・ペトローヴィチ・スマローコフ[2]がとてもほめてくれたものだ。ある日、僕は詩を書き上げて、我ながらそれに満足していた。ご存知のように、作者というものは助言が欲しくなって、親切な聞き手を求めることがある。それで僕は詩を清書して、シヴァーブリンに持っていった。要塞の中で詩人の作品を評価できたのは彼一人だったから。前置きもそこそこに、僕はポケットから手帳を取り出して、こんな詩を聞かせた。

愛しき想いを断ち
美しき汝を忘れんと
ああ、マーシャから逃れ
自由を得んと想いめぐらす！

されど我を虜にしたその瞳は
いつ何時とも我の前にあり
我が心を惑わした。
我が安らぎをうち砕いた。

2　ロシア古典主義の代表的な詩人、劇作家、寓話作家（一七一七〜一七七七）。

汝よ、我が不幸を知り
マーシャよ、我を憐れみたまえ。
この苦境にあり
汝の虜である我を。[3]

「どうかな？」僕はシヴァーブリンにたずねた。きっとほめてくれるだろうと思って。だけど、いつもは寛大なシヴァーブリンが、僕の歌はよくないときっぱり言い切ったんだ。無性に腹が立つ。

「どうして？」腹立たしさを隠しながら、僕はたずねた。

「それはだね」彼は答えた。「こういうのは俺の先生、ヴァシーリー・キリールイチ・トレジアコフスキー[4]にふさわしいものだからさ。これは先生の愛の小唄《クプレート》にそっくりじゃないか」

そして彼は僕から手帳を取り上げると、一行ずつ、一語ずつ容赦なく分析し始めた。一番辛辣なやり方で馬鹿にしたんだ。僕は耐えきれなくなって、彼の手から手帳をもぎ取ると、もう金輪際作品を見せないと言った。シヴァーブリンはこの脅し文句も笑いの種にした。「それは見ものだ」彼は言った。「君が約束を守れるかどうか。だって、詩人には聞き手が必要だからな。昼食前のイヴァン・クジミーチにはウォッカの小瓶、と同じさ。ところで、このマーシャ[5]って誰だ？　もしかして、マリヤ・イヴァーノヴナのことじゃないよな？」

「あんたには関係ないだろ」うっとうしそうに僕は答えた。「このマーシャが誰だろうと。あんたの考えや推理なんて聞きたくもない」

「これはこれは！　うぬぼれ詩人、そして、つつましき色男！」シヴァーブリンは続け、ますます僕を怒らせる。「だが、友人として忠告しておこう。うまくやりたかっ

---

3　プーシキンはここで、ミハイル・チュルコーフによって刊行された歌集『さまざまな歌』の初版（一七七〇）の詩を使用したと考えられている。

4　ロシア古典主義の代表的な詩人、翻訳家、文学理論家（一七〇三～一七六九［一七六八説も］）。スマローコフらの論敵であった。正確な父称はキリーロヴィチだが、ここでは口語的にキリールイチとなっている。

5　第三章注10を参照のこと。

たら、詩なんか使わない方がいい」

「いったいそれはどういうことですか？　説明していただきましょう」

「喜んで。つまりだな、もしも、マーシャ・ミローノヴァ[6]に日も暮れるころにやってきてもらいたいのなら、甘ったるい詩のかわりに耳飾りを一組でもあげたらいいってことだ」

　はらわたが煮えくり返った。「どうしてあんたは、彼女のことをそんな風に考えるんだ？」憤りを何とか抑えながら僕はたずねた。

「ああ、それはな」地獄の嘲笑を浮かべて彼が答えた。「あの娘の性格や癖を、経験を通して知っているからだよ」

「嘘だ、げす野郎！」怒り心頭の僕は大声で叫んだ。「嘘だ、恥知らずにもほどがある」

　シヴァーブリンの顔色が変わった。「その言葉は聞き捨てならん」僕の手をぎゅっと握って、彼が言った。「名誉回復《サティスファクション》の機会をいただこう[7]」

「承知した。いつでもいいぞ！」嬉々として僕は答えた。この瞬間、僕は彼をずたずたに引き裂いてやるつもりだった。

すぐさまイヴァン・イグナーチイチのもとへ行くと、彼は針を持っていた。大尉夫人の頼みで、冬に備えて干しておくキノコに糸を通していたんだ。「あ、ピョートル・アンドレーイチ！」僕を見かけて彼が言った。「ようこそ！ こりゃまたどうなさいました、どんなご用向きで？ おたずねしますがね」アレクセイ・イヴァーヌイチと口論になったこと、そして彼、つまりイヴァン・イグナーチイチに介添人を頼みに来たことをごく簡単に説明した。イヴァン・イグナーチイチはこれを注意深く聞いていた。一つしかない目をいっぱいに開いて僕を見つめながら。「あなたはこうおっしゃるのですね」彼は言った。「アレクセイ・イヴァーヌイチを刺したい、それで私にその立会人になってもらいたいと？ そうではないですか？ おたずねしますがね」

「その通りです」

「これはまた、ピョートル・アンドレーイチ！ とんでもないことを思いつきました

---

6 マリヤ・ミローノヴァのこと。ここではシヴァーブリンは、グリニョーフの詩に出てくる「マーシャ」に関連づけた言い方をしている。

7 決闘を申し込む際の表現。

な！　あなたとアレクセイ・イヴァーヌイチが口喧嘩した。たいしたことじゃありませんよ！　悪口は襟にはぶら下がらないものです。[8]あの人に罵られたなら、怒鳴り返してやりなさい。鼻をつままれたら、耳でも何でもひっぱってやりなさい。やり返されたら、またやり返す。それで別れたらいいのです。あとは私どもがあなたたちを仲直りさせます。それとも、仲間を刺すのはいいことだとでもいうのですか？　おたずねしますがね。あなたがあの人を刺すならまだいいですよ。アレクセイ・イヴァーヌイチなど知ったことか。私もあの人はどうにも虫が好かないのでね。ですがね、もしもあの人があなたをぐさりとやったら？　どうなります？　馬鹿を見るのは誰です？　おたずねしますがね」

　理にかなった中尉の考えも僕を迷わせはしなかった。僕は決心を変えなかった。

「お好きなように」イヴァン・イグナーチイチは言った。「お考えの通りになさればよろしい。ですがね、どうして私が立ち会わねばならんのです？　何の必要があります？　人間というのは、やり合うものですよ。珍しくもありませんな？　おたずねしますがね。おかげさまで、スウェーデン人とも、トルコ人とも戦ってきました。そりゃもう飽きるほど見てきましたよ」

僕は何とかして介添人の役割を説明しようとしたけれど、イヴァン・イグナーチイチにはさっぱり分からなかった。「ご自由になさってください」彼は言った。「この件に関わるとすれば、私は職務上イヴァン・クジミーチにこう報告しに行かねばならんでしょうな。砦の中で国家の利益に反する、よからぬことが企まれております。司令官殿は然るべき方策を取るのがよろしいのではありますまいか……」どきりとして、イヴァン・イグナーチイチに司令官には何も言わないように頼み始めた。どうにか説得して、彼も約束してくれた。それで僕は、介添人はあきらめることにした。

晩はいつも通り、司令官の家で過ごした。僕はつとめて陽気に、無関心に見えるようにした。何も疑いを抱かれず、うるさく問いただされないためだ。だけど正直に言うと、僕のような状況に置かれた人間たちがきまってひけらかすあの冷静さを、僕は持ち合わせていなかった。この晩は優しい気持ちになり、胸がいっぱいだった。マリヤ・イヴァーノヴナがいつもよりも愛おしかった。ひょっとしたら彼女の見納めにな

8　諺で「人のうわさも七十五日」の意味。

るかもしれない。そう思うと僕は、彼女の姿に心を打たれていたんだ。そこへシヴァーブリンが現れた。わきへ連れていって、イヴァン・イグナーチイチとの話を伝えた。「介添人など要らない」彼の言葉はそっけなかった。「俺たちだけでやろう」僕たちは要塞のすぐ近くにある干し草の山の裏で戦うこと、明朝六時過ぎにそこで落ち合うことを取り決めた。僕たちがはた目には仲良さそうに話していたので、イヴァン・イグナーチイチは嬉しくてつい口を滑らせた。「そうでなくては」彼は満足そうに僕に言った。「悪しき平和は良き喧嘩よりまし、正直でなくとも達者が一番ですな」

「何、何ですって、イヴァン・イグナーチイチ？」部屋の隅でカード占いをしていた大尉夫人が言った。「よく聞いてなかったけれど」

イヴァン・イグナーチイチは、僕が不服そうにしているのに気づいて約束を思い出し、どう答えてよいか分からずにうろたえている。シヴァーブリンがうまく助け船を出した。

「イヴァン・イグナーチイチは」彼は言った。「私たちが仲直りしたのをほめてくれているんですよ」

「でもあなた、誰と喧嘩したの？」

「ピョートル・アンドレーイチとかなり派手にやらかすところでした」

「原因は何？」

「ささいなことです、歌なんですよ、ヴァシリーサ・エゴーロヴナ」

「まあ、そんなこと？　歌ですって？……で、事の次第は？」

「こうです。ピョートル・アンドレーイチが少し前に歌を作って、今日それを私に聞かせたんです。それで、私も自分のお気に入りをこう始めたんです。

　大尉の娘さん、
　真夜中に出歩かないで。[9]

おかしな雲行きになりました。ピョートル・アンドレーイチは怒りかけて、でも結局は、誰も詩を好きなように自由に書いていいんだって合点したんです。それで一件落着です」

9　イヴァン・プラーチの歌集『ロシア民謡集』（一七九〇）から引用されている。

シヴァーブリンの厚顔無恥にあやうくかっとなりかけたけれど、僕の他には誰もこの許しがたい当てこすりを理解していなかった。少なくとも、誰もそれを気にかけていなかった。話題は詩から詩人へと移り、すると司令官は、詩人なんぞ、どいつもこいつも道を踏み外した、嘆かわしい酔っ払いなのだと言った。そして親切心から僕には、詩を書くのをやめるよう忠告してくれた。軍務に反するし、ろくなことにならないというんだ。

シヴァーブリンがそこにいるのが耐えられなかった。僕はまもなく司令官とその家族に別れの挨拶をした。家に着くと、自分の剣を点検し、切れ味を試してから床に就いた。サヴェーリイチには六時過ぎに起こすよう言いつけておいた。

翌日、取り決めた時間にはもう僕は干し草の山の裏で、決闘相手を待っていた。やがて、彼もやってきた。「見つかってしまうかもしれない」彼は僕に言った。「急がなければ」僕たちは軍服を脱いで胴着だけになり、剣を抜いた。そのとき、いきなり干し草の山のかげから現れたのが、イヴァン・イグナーチイチと五名ほどの退役軍人だった。イヴァン・イグナーチイチは僕たちに司令官のもとへ出頭するように求めた。僕たちは悔しかったけれどそれに従った。兵隊たちに囲まれて、イヴァン・イグナーチイチのあとについて要塞へ向かった。彼は意気揚々と僕たちを引き連れ、あきれるほどにふんぞり返っている。

司令官の家に入ると、イヴァン・イグナーチイチは扉を開けて、「連れてまいりました！」と誇らしげに告げた。僕たちを迎えたのはヴァシリーサ・エゴーロヴナだ。

「ああ、あなたたちったら！　何があったの？　どうしたの？　何ですか？　この要塞の中で人殺しをしようだなんて！　イヴァン・クジミーチ、今すぐこの人たちを逮捕なさい！　ピョートル・アンドレーイチ！　アレクセイ・イヴァーヌイチ！　あなたたちの剣をここへ出してください、さあさあ、出してください。パラーシカ、この剣を納戸へ運んでいって！　ピョートル・アンドレーイチ！　あなたがこんなことをするとは思ってもいませんでしたよ。恥ずかしくないの？　アレクセイ・イヴァーヌイチはいいのですよ。殺人のかどで連隊から除籍されたのだし、神様を信じていないのですから。あなたもそうなの？　アレクセイ・イヴァーヌイチと同じ穴のむじなになるの？」

イヴァン・クジミーチは奥さんの言うことにすっかり賛同して、裁きを言い渡していた。「まあ聞いてくれ、ヴァシリーサ・エゴーロヴナの言う通りだ。決闘は武官服務規程[10]で正式に禁止されておる」その間に、パラーシカが僕たちから剣を取り上げ、納戸へ運んでいった。僕は笑いをこらえ切れなかった。シヴァーブリンは威厳を保っている。「あなたを尊敬しておりますが」彼は落ちついてヴァシリーサ・エゴーロヴナに言った。「あなたは私たちをご自身でお裁きになり、いたずらに憂慮されていると申さざるを得ません。この件はイヴァン・クジミーチにお任せいただきたい。これはこの方のお仕事です」「まあ、あなたったら！」大尉夫人が反論した。「夫と妻は一心同体じゃありませんか？　イヴァン・クジミーチ！　何をぼけっとしているの？　今すぐこの人たちを別々の営倉に入れて、パンと水だけ与えておきなさい。馬鹿げた考えを改めてもらいましょう。それから、ゲラーシム神父にはこの人たちに破戒の罰を与えてもらって。神様に許しを乞い、みんなの前で懺悔させるんです」

　イヴァン・クジミーチはどう決めたらいいか分からなかった。マリヤ・イヴァーノヴナは血の気が失せている。少しずつ嵐は静まった。大尉夫人は落ち着いてきて、僕たちを互いにキスさせた。パラーシカが剣を持ってきた。司令官の家から出ていく僕たちは、見たところ和解したようだった。イヴァン・イグナーチイチが僕たちについてきた。「恥ずかしくないんですか？」僕は怒って言った。「司令官に僕たちのことを密告するなんて。何も言わないって約束したじゃないですか」「神に誓って、私はイヴァン・クジミーチには話しておりません」彼が答えた。「ヴァシリーサ・エゴーロヴナが私から何もかも聞き出してしまったのです。司令官には何も言わずに、あの方がすべての手はずを整えたのですよ。ともかくもおかげさまで、こうして終わったわけです」そう言うと彼は家へ帰っていき、シヴァーブリンと僕だけになった。「これで終われるわけがない」僕は彼に言った。「もちろんだ」シヴァーブリンが答えた。「君は俺にその血で支払うことになる。厚かましさの代償をな。しかし、おそらく俺たちは監視される。何日かはおとなしくしていなければならんな。それじゃ！」それで僕たちは別れた。何事もなかったかのように。

司令官の家へ戻ると、僕はいつも通りマリヤ・イヴァーノヴナのそばに腰かけた。イヴァン・クジミーチは留守だ。ヴァシリーサ・エゴーロヴナは家事をしている。僕たちは小声で話した。シヴァーブリンとの喧嘩でみんなを心配させた僕を、マリヤ・

---

10　十八世紀初めのピョートル一世の時代に発布され、一八三九年に新たな軍刑法規約が制定されるまで効力を持っていた。

イヴァーノヴナは優しく叱った。「本当に心臓が止まりそうでしたのよ」彼女は言った。「あなたたちが剣で斬り合うつもりだって聞いて。男の人たちって、本当によく分からない！　一週間もすればお互い忘れてしまうようなたった一言のために、斬り合ったり、犠牲にしてしまうの、命だけじゃなくて、良心も、それに周りの人たちの穏やかな暮らしまで……。でも、私は信じています。喧嘩のきっかけを作ったのはあなたじゃないって。きっと悪いのはアレクセイ・イヴァーヌイチなんです」

「どうしてそう思うんです、マリヤ・イヴァーノヴナ？」

「なんとなく。……あの方は他人を小馬鹿にします！　私はアレクセイ・イヴァーヌイチが好きじゃありません。虫唾が走ります。でも、不思議。あの方も同じように私を好きじゃないというのは、どうにもいやなんです。そうだったら怖くて仕方がありません」

「どう思っているんです、マリヤ・イヴァーノヴナ？　あなたは彼に好かれているんですか、いないんですか？」

マリヤ・イヴァーノヴナは口ごもって、顔を赤らめた。「そんな気がするんですが」彼女は言った。「好かれていると思います」

「どうしてそんな気が？」

「だって、あの方は私に求婚したんですよ」

「求婚！ 彼はあなたに求婚したんですか？ いったいいつ？」

「去年です。あなたがいらっしゃる二か月ほど前」

「それで、あなたはそれを受けなかった？」

「ご覧の通りです。アレクセイ・イヴァーヌイチはもちろん、頭のいい人だし、家柄もいいし、財産もあります。ですけど、考えてみたんですよ。結婚式で、みなさんの前であの方とキスしないといけない……。無理！ どんなにいいことがあっても絶対無理です！」

マリヤ・イヴァーノヴナの言葉は、僕の目を開かせてくれ、多くのことを教えてくれた。シヴァーブリンが彼女のことをあれほど執拗に悪く言うのにも合点がいった。おそらく、僕と彼女が惹かれ合っているのに気づいて、何とか二人を引き離そうとしていたんだ。この喧嘩のきっかけになった彼の言葉が、下品で無礼なあざけりというよりもよくよく考えられた悪口なのだと分かって、僕にはもっと卑劣に感じられた。図々しい毒舌野郎を罰してやりたいという思いは僕の中でさらに強まり、その好機が来るのがどうにも待ち切れなかった。

　長くは待たなかったんだ。翌日、エレジーの押韻を考えながら羽ペンを嚙んでいると、部屋の窓をシヴァーブリンが叩いた。僕は羽ペンを置くと、剣をつかんで外へ出ていった。「先延ばしする必要はないだろう？」シヴァーブリンが言った。「見張られてはいない。川へ行こう。誰にも邪魔されないさ」僕たちは黙って出かけた。険しい小道を下りて、川岸で歩みを止めると、僕たちは剣を抜いた。技術ではシヴァーブリンが優るけれど、僕の方が力は強くて、大胆だ。それにムッシュー・ボプレ、かつて兵隊だった彼が少しばかり剣術を教えてくれたので、それも使ってみた。シヴァーブリンは、僕がこんなに手ごわい相手だとは思っていなかった。長い間、僕たちは互いに相手を少しも傷つけられずにいた。だがとうとうシヴァーブリンの力が弱まってきたのを見て取った僕は、すばやく彼を攻め立て、ほとんど川岸まで追い詰めた。するとと突然、僕は大声で自分の名が呼ばれるのを耳にした。振り返ると、それはサヴェーリイチで、急な小道をこっちへ駆け下りてくる……。まさにこのとき、僕は右肩の下、胸のあたりに強烈な一撃を食らった。僕は倒れ、気を失ったんだ。

# 第五章　愛

ああ君、乙女、麗しい乙女よ！
若いうちから嫁にいかないで、
聞いてごらんなさい、父さんや母さんに、
父さんや母さん、親戚に、
乙女よ、知恵を蓄えなさい、
知恵を、持参金を。

民謡[1]

俺よりいいやつ見つけたら、忘れておくれ、
俺より悪いやつ見つけたら、思い出しておくれ！

同じく[2]

目が覚めてから、しばらく状況がのみ込めずにいた。いったい何が起こったのか？ ベッドの上に寝ていて、馴染みのない部屋にいる。それに体がひどくだるい。目の前に、ろうそくを持ったサヴェーリイチが立っている。胸から肩にかけて巻かれていた包帯を、誰かがそっとほどいてくれている。だんだん頭がはっきりしてきた。決闘を思い出した。僕は傷を負ったんだろう。そのとき、扉がギイと開いた。「様子は？ どう？」ささやき声を耳にして、僕は震えた。「ずっと変わりありませんや」サヴェーリイチがため息まじりに答えた。「まだ意識がありません。もう五日になりますが」僕は体の向きを変えようとしたが、うまくいかない。「ここは？ そこにいるのは誰？」がんばって声を出した。マリヤ・イヴァーノヴナがベッドへ寄ってきて、僕の

方に身をかがめた。「何です？　ご気分はどう？」彼女が言った。「おかげさまで」僕は弱々しい声で答えた。「これはあなた、マリヤ・イヴァーノヴナですね？　教えてください……」話し続けられずに黙り込んだ。ああ、と叫んだサヴェーリイチの顔に喜びが広がった。「気がついた！　気がついた！」彼は繰り返した。「神さま、ありがとうございます！　まったく、坊っちゃん、ピョートル・アンドレーイチときたら！　おらをびっくりさせますなあ！　冗談じゃねえ、五日目ですよ！……」マリヤ・イヴァーノヴナが彼の言葉をさえぎった。「あまりたくさん話したらだめよ、サヴェーリイチ」彼女は言った。「まだお加減がよくないわ」彼女は出ていき、静かに扉を閉めた。ドキドキしていた。ということは、僕は司令官の家にいて、マリヤ・イヴァーノヴナは様子を見に来てくれていたんだ。サヴェーリイチにいくつか聞きたいことがあったのに、じいさんは首を横に振って耳をふさいだ。がっかりして目を閉じた僕は、すぐに眠ってしまった。

1　歌「ああ君、ヴォルガ、母なるヴォルガ……」の結末部分。
2　歌「わが心が告げていた、告げていた……」からの引用。

眠りから覚めてサヴェーリイチを呼んだけれど、代わりに目の前にいたのはマリヤ・イヴァーノヴナだった。彼女の天使のような声が僕を迎えてくれた。この瞬間に僕をとらえた甘美な感覚は、とても言葉にはできない。手を取ってそれにすがる僕は、感極まって涙に濡れていた。マーシャは手をほどこうとはしなかった。……いきなり彼女の唇が僕の頬に触れる。それから熱く、みずみずしいキスを感じた。炎が僕の中を駆けめぐった。「大好きな、大切なマリヤ・イヴァーノヴナ」僕は彼女に言った。「僕の妻になって。僕を幸せにすると言って」彼女ははっと我に返った。「お願いですから、落ち着いてください」彼女は手を離した。「まだ安静にしていないと。傷口が開いてしまうかも。せめて私のためにでも、ご自分を大切にしてください」そう言って彼女は出ていった。有頂天の僕を残して。幸せが僕をよみがえらせた。彼女は僕のものになる！　彼女は僕を愛している！　そんな思いが、僕の全身全霊を満たした。

それから僕はどんどん良くなっていった。僕を治療してくれたのは連隊付きの理髪師[3]だった。要塞には他に医者がいなかったからそうなったのだけれど、ありがたいことに、彼は知ったかぶりをしなかった。若さと自然の力が、傷の癒えるのを早めた。司令官一家は総出で世話をしてくれた。マリヤ・イヴァーノヴナは僕から離れなかった。最初にやってきた機会を逃さず僕が愛の告白の続きを始めると、マリヤ・イヴァーノヴナも辛抱強く聞いてくれた。そして少しも気取らずに、心から僕を思っていると打ち明けてくれたんだ。もちろん両親も娘の幸せを喜んでくれるだろうとも。「でも、よく考えて」彼女が付け足した。「あなたのご家族は反対されないかしら？」

じっくり考えてみた。母さんが温かく受け入れてくれるのは間違いない。だけど、父さんはあの性格で、あの考え方だから、息子の恋愛をさして喜ばないだろうし、若者の気の迷いぐらいにしか見ないだろう。僕はそれを包み隠さずマリヤ・イヴァーノヴナに打ち明け、父さんには手紙を書くことにした。できる限り言葉を尽くして、両親に祝福してもらおう。書いた手紙をマリヤ・イヴァーノヴナに見せた。この手紙は十分に説得力があって心に響くからきっとうまくいく。若さゆえ、愛ゆえに彼女はそう信じて疑わず、優しい気持ちに身をゆだねた。

シヴァーブリンとは、怪我の具合が良くなってくるとすぐに和解した。イヴァン・クジミーチは、決闘をした僕を叱りつけた。「おい、ピョートル・アンドレーイチ！

---

3　当時は理髪師が放血手術などの医療行為を行うことがあった。

わしはお前を逮捕しておくべきだったな。だがお前はもう、それでなくとも罰を受けておる。アレクセイ・イヴァーヌイチの方は、まだ穀物小屋に監視つきで入れてあるし、やつの剣はヴァシリーサ・エゴーロヴナが鍵をかけて保管しておる。やつにはとっくり考えさせて、反省させねばならん」敵対心を抱き続けるには、僕はあまりにも幸せすぎた。シヴァーブリンのことを僕が嘆願すると、人の良い司令官は奥さんの同意を取りつけ、彼を釈放することに決めた。シヴァーブリンは僕のところへきて、僕たちの間に起こったことに深い遺憾の意を示した。悪いのは一方的に自分であり、これまでのことは忘れてほしいという。僕は執念深い性質《たち》ではないので、喧嘩のことも彼に負わされた傷のことも、寛大な心で許した。彼が誹謗中傷をしたのも、自尊心を傷つけられ、愛情を退けられて、腹立ちまぎれにやったことだろう。この不幸なライバルを僕は気前よく許したんだ。

しばらくすると、僕はもうすっかり良くなって自分の住まいへ移ることができた。送った手紙の返事を今か今かと待っていたが、あまりよい期待も持てないし、悲しい予感を何とか押し殺していた。ヴァシリーサ・エゴーロヴナとそのご主人にはまだ話していなかったけれど、僕が求婚したとしてもこの二人は驚かなかっただろう。僕もマリヤ・イヴァーノヴナも自分たちの気持ちを隠そうとはしていなかったし、僕たちはもう、この人たちがきっと賛成してくれるだろうと思っていた。

ようやくある日の朝、サヴェーリイチが手紙を持ってやってきた。ドキドキしながらそれを受け取った。宛名を書いているのは父さんだ。だから何か重要なことが書いてあると思った。いつも僕宛ての手紙を書いていたのは母さんで、父さんは最後に数行書き加えていただけだったから。僕は長いこと封を切らずに、厳かに書かれた宛名を読み返していた。「我が息子ピョートル・アンドレーエヴィチ・グリニョーフへ、オレンブルグ県、ベロゴールスク要塞」筆跡を頼りに、手紙を書いたときの父さんの心の状態を推し量っていた。ようやく封を切ることにしたけれど、冒頭から最悪の事態が見て取れた。手紙は以下のような内容だった。

「我が息子ピョートル！　ミローノフの娘マリヤ・イヴァーノヴナとの結婚についてわしらからの祝福と同意を乞うお前の手紙を、今月十五日に受け取った。わしは祝福も同意も与えるつもりはない。それればかりか、お前を懲らしめてやるつもりだ。悪さをした子どもに分からせるようにな。将校の地位など知ったことか。お前はまだ剣を持つ資格のないことを証明したのだから。剣は祖国を守るために下賜されたのだ。お前と同じような狼藉者どもと決闘するためではない。ただちにアンドレイ・カールロヴィチに手紙を書いて、ベロゴールスク要塞からどこかもっと遠くへ、お前の馬鹿げた考えが消えうせるような場所へ転任させてくれるよう頼んでおく。母さんは、お前が決闘をして傷を負ったと聞いて、悲しみのあまり病気になって今も床に伏している。お前の行く末はどうなることか？　更生するように神に祈る。神の大いなる慈悲など望まぬが。

お前の父　A・G」

この手紙を読んで、さまざまな感情が湧いてきた。父さんの容赦ない厳しい言葉に、心がひどく傷つけられた。マリヤ・イヴァーノヴナへの見下したような態度も、失礼で、不当だと思った。ベロゴールスク要塞から転任させるという考えにもぞっとしたが、何より悲しかったのは、母さんの病気の知らせだった。僕はサヴェーリイチに腹が立った。決闘のことが両親に伝わったのは、サヴェーリイチ経由に違いないからだ。狭い部屋の中を行ったり来たりしながら、僕は彼の前に立ち止まって、きつくにらみつけてこう言ってやった。「満足してないんだな。僕がお前のせいで怪我をして、まる一か月の間生死の境をさまよったというだけじゃ。母さんも殺したいのか」サヴェーリイチは雷に打たれたように驚いた。「とんでもないですよ、坊っちゃん」泣き出さんばかりに言った。「なんてことをおっしゃるんです？　あなたの傷はおらのせいだなんて！　神さまはご覧になってますよ。駆けつけたおらが、この胸で、アレクセイ・イヴァーヌイチの剣からあなたを守ろうとしたんです！　焼きがまわっちまってうまくいきませんでしたがね。それに、おらがあなたのお母様にいったい何をしたというんです？」「何をしたか、だと？」僕は答えた。「誰に頼まれて、告げ口したんだ？　お前は僕につけられたスパイなんじゃないか？」「おらが？　告げ口？」そう答えるサヴェーリイチは泣いていた。「神さま、天帝さま！　そんなに言うなら、旦那さまがおらに何と書かれているか、どうぞお読みになってください。おらがあなたのことを告げ口したかどうか、分かりますよ」僕は彼がポケットから取り出した手紙を読んだ。こんなことが書いてあった。

「お前は恥ずかしくないのか、老いぼれ犬め。きつく念を押しておいたにもかかわらず、お前は我が息子ピョートル・アンドレーエヴィチについて報告しなかった。だから、見るに見かねた赤の他人が、やつの悪事をわしに教えるはめになったのだ。それでもお前は自分の役目を、主人の言いつけを果たしているつもりか？　老いぼれ犬のお前など、豚番にしてくれようぞ。真実を隠し、若造を甘やかしたかどでだ。これを受け取り次第、至急手紙で知らせよ。あいつの体の具合はどうだ？　もうよくなっているとのことだが。いったいどこを怪我したのだ？　しっかり治療してもらえたのか？」

はっきり分かった。サヴェーリイチは何も悪いことをしていないのに、僕は言いがかりをつけ、疑って、訳もなしに侮辱してしまったんだ。僕は彼に許してくれるように頼んだ。だけど、じいさんはしょげ返っていた。「この年になってこんな目にあうなんて！」彼は繰り返した。「ご主人様たちをどれほど思って勤め上げてきたことか！　おらは老いぼれ犬で、豚飼いなんですか？　あなたの傷はおらのせいなんですか？　いや、坊っちゃん、ピョートル・アンドレーイチ！　おらじゃない、忌まわしいムッスーが全部悪いんですよ。あの男があなたに鉄串で突き刺し合ってちょこちょこ足踏みするのを教え込んだんですから。突き刺したり足踏みしたりで、悪いやつから身を守れるってか！　ムッスーを雇って、まったく余分な金を使っちまったもんですよ！」

それではいったい誰が、僕の行動を父さんにわざわざ知らせたのだろう？　将軍か？　だけど、あの人は僕のことなどあまり気にかけていないようだった。イヴァン・クジミーチも、僕の決闘を報告する必要があるとは考えていなかった。思い当たるふしがなく、途方に暮れた。疑いのまなざしはシヴァーブリンに向けられた。告げ口して得をするのは彼だけだ。そうすれば僕を要塞から遠ざけ、司令官一家から引き離せるのだから。僕はすべてをマリヤ・イヴァーノヴナに説明するために出かけた。彼女は玄関先で僕を出迎えた。「どうなさったの？」僕を見て彼女は言った。「お顔が真っ青！」「何もかもおしまいです！」そう答えると、彼女に父さんからの手紙を渡した。今度は彼女が真っ青になった。それを読み終えて返そうとする彼女の手も、声も震えていた。「運命ではなかったようね……。あなたのご両親は、私が家族に加わるのをお望みではありません。すべては主の御心のまま！　私たちがどうすべきか、神様は私たちよりもよくご存知ですから。できることはありませんね、ピョートル・

アンドレーイチ。せめてあなたは幸せになってください……」「そんなわけにはいかない！」彼女の腕をつかんで僕は叫んだ。「君は僕を愛してくれている。だから、どうなっても僕は平気だ。君の両親の前で跪こう。気さくな人たちだ。思いやりのない高慢ちきとは違う……。僕たちを祝福してくれる。僕たちは結婚式を挙げる。……それで、しばらくして、僕の父さんに許しを乞うんだ。母さんは僕たちの味方になってくれる。父さんも許してくれるさ……」「だめよ、ピョートル・アンドレーイチ」マーシャが答えた。「あなたのご両親に祝福してもらわない限り、私はあなたと結婚しません。ご両親に祝福してもらえなければ、あなたは幸せにならないもの。神の御心に従いましょう。あなたが運命の人を見つけるにせよ、あなたが別の人を好きになるにせよ、神のご加護がありますように、ピョートル・アンドレーイチ。私もあなたたちお二人を……」ここで彼女は泣き出して、離れていった。僕は彼女を追って部屋に入ろうとしたが、自分を抑える自信がなくて、家へ戻ったんだ。

腰を下ろして物思いに深くふけっていた。不意にサヴェーリイチがそれをさえぎった。「ほら、坊っちゃん」びっしり書き込まれた紙を渡しながら、彼が言った。「確かめてください。おらがご主人のことを告げ口する人間なのか、おらが親子の仲をこじらせようとしているのか」彼の手から紙を取った。それは、父の手紙へのサヴェーリイチの返信だった。そのまま言葉通りに引用しよう。

「アンドレイ・ペトローヴィチ旦那様、我がお恵み深き父上様！

お恵み深いお手紙、頂戴しました。それによりますと、あなた様は、あなた様の従僕である私にお怒りで、主人の言いつけを果たせず恥ずかしくはないかとのことですね。ですが、私は老いぼれ犬ではないのです。あなた様の忠実な召使です。主人の言いつけを聞き、真心込めてあなた様にお仕えして、髪が白くなるまで生きながらえてまいったのです。ピョートル・アンドレーイチのお怪我のことをあなた様に何もお書きしませんでしたけれども、それはいたずらにご心配をかけたくなかったからです。うかがいましたところ、奥様、我が母なるアヴドーチヤ・ヴァシーリエヴナがご心配のあまり床に就かれたとか。ご快復を神にお祈りする所存です。それで、ピョートル・アンドレーイチですが、右肩の下、胸のあたりを負傷されました。骨の下で、深さは一ヴェルショーク[4]半でございます。司令官の家で寝ておられたのです。私たちが岸辺からそこへ運び込んだのでして、当地の理髪師スチェパン・パラモーノフが治療しました。今はもう神様のおかげでお元気です。良い知らせの他には何もお書きすることはありません。指揮官たちもご満足のようです。ヴァシリーサ・エゴーロヴナのそばにいらっしゃるあのかたは、まるで実の息子のようです。今回の件は、若い人にはもう過ぎたこと、おとがめになるにはおよびません。馬は四本足でもつまずくと申しますから。私を豚番にしてやるとお書きになっていますが、どうぞ旦那様の御心のままに。それでは、御免つかまつります。

あなた様の忠実なる従僕

アルヒープ・サヴェーリエフ」[5]

愛すべきじいさんの書いた文章を読みながら、僕は何度も笑いを禁じえなかった。僕は父さんに返事を書ける状況にはない。だけど、母さんを安心させるには、サヴェーリイチの手紙で十分だと思った。

このときから、僕の立場は変わってしまった。マリヤ・イヴァーノヴナは僕とはほとんど話さなくなり、とにかく僕を避けようとする。司令官の家にいるのがつらくなった。自分の部屋に一人でいることに少しずつ慣れていった。ヴァシリーサ・エゴーロヴナは、最初はそれをとがめていたけれど、意固地な僕を放っておくようになった。イヴァン・クジミーチと会うのは、軍務で必要なときだけだ。シヴァーブリンとはごくまれに、それもいやいやながら顔を合わせた。彼が僕への敵意を心に秘めているのに気づいてからはなおさらだったし、この敵意が僕の抱いた疑いをますます強めた。ここでの暮らしに耐えられなくなった。暗くふさぎ込んで、それが孤独と無為を助長する。僕の愛は孤立の中で燃え上がり、どんどん重くのしかかってくる。読んだり書いたりすることへの熱意も冷めた。すっかり元気がなくなった。頭がおかしくなるか、身を持ち崩してしまいそうだった。そこへ思いもよらぬ事件が起こった。僕の人生全体に重要な影響をおよぼすことになるこの事件が、突然、僕の心に強烈な、そして嬉しい衝撃をもたらしたんだ。

4　ヴェルショークはロシアの古い長さの単位で、四・四四五センチメートル。
5　「サヴェーリーの息子」の意味で、正式な文書などではこのように記した。サヴェーリイチは姓を持っていない。当時のロシアでは、貴族以外にはほとんどが姓を持っていなかった。

# 第六章　プガチョーフの反乱《プガチョーフシチナ》[1]

あんたら若い人、よおく聞いておくんなせえ、
わしら年寄りが、今から話して聞かせやしょう。

唄[2]

僕が目の当たりにした奇妙な出来事について書き始める前に、一七七三年末のオレンブルグ県がどのような状況にあったか、少し話しておかなければならない。
この広く、肥沃な県に住んでいたのは、大勢の半ば未開の民族たちで、彼らがロシア皇帝の主権を承認してからまだ日が浅かった。彼らはひっきりなしに蜂起を繰り返

し、法律や公民としての生活に順応しようとしない。思慮が足りないし、残忍だ。そんな彼らを服従させておくために、政府は絶えず監視していなければならなかった。地の利良しとされる各所に要塞が築かれ、そこへ住みついた者の大半はコサックだっ

---

1　一七七三年から一七七五年にかけて、エメリヤン・プガチョーフ（一七四二頃〜一七七五）に率いられた農民たちの蜂起を言う。最初に蜂起したのはヤイーク・コサックだが、大勢の農奴やウラル地方の労働者、バシキール人、タタール人、キルギス人などが加わって規模は大きくなった。この軍勢を率いてプガチョーフはカザン、ペンザ、サラトフなどの都市や要塞を次々に攻略したものの、最後には政府軍によって捕縛され、モスクワへ護送された。プガチョーフは一七七五年一月に裁きを受けて処刑された。プガチョーフは亡きピョートル三世（一七二八〜一七六二）の名を騙《かた》って蜂起した［ピョートル三世について、および妻エカテリーナによるクーデターについては第一章注3を参照のこと］が、当時の民衆の間には、「ピョートル三世は殺されてはおらず、ロシア国内を回って兵を集め、エカテリーナに復讐し、玉座を取り戻そうとしている」という噂が流れており、貧困にあえいでいた民衆たちは、ピョートル三世が世の中を良くしてくれると信じていた。

2　イヴァン雷帝による一五五二年のカザン占領にまつわる歌の冒頭。カザンはモスクワから東へ八百キロメートルほどのところにある、ヴォルガ川沿岸の都市。現在のロシアのタタールスタン共和国の首都。プガチョーフらの軍とロシア軍の戦闘の場ともなった。

た。彼らはずっと前からヤイーク川の両岸を支配していた。だけど、ヤイーク・コサックたちはこの地の平和と安全を守る義務があるというのに、いつからか彼ら自身が政府にとって不穏で危険な臣民となっていた。一七七二年、大きな町《ゴロドーク》で蜂起があった。原因は、トラウベンベルク少将が軍隊を然るべく服従させるためにとった厳しい措置にある。その結果、トラウベンベルクは惨殺され、統治体制が勝手に変えられた。そして散弾が使われ、厳格な処罰が適用されてようやく反乱は鎮圧されたんだ。

これは僕がベロゴールスク要塞に到着する少し前に起こっていた。何もかもすっかり落ち着いていた、あるいはそう見えていた。ずるがしこい謀反人たちが見せる偽りの悔恨の情を、当局はあまりにも簡単に信じ込んだ。だけど、彼らは密かに悪意を抱き、無秩序な状態をふたたび引き起こすための機会をうかがっていたんだ。

僕の物語に戻ろう。

ある日の晩（一七七三年十月の初めだった）一人で自宅にいた僕は、秋風のうなりを聞きながら、月をかすめて駆ける雨雲を眺めていた。司令官からの呼び出しがあって、すぐに出向いた。司令官のそばにいたのはシヴァーブリンと、イヴァン・イグナーチイチ、コサックの下士官だった。部屋にはヴァシリーサ・エゴーロヴナもマリヤ・イヴァーノヴナもいなかった。僕と挨拶を交わす司令官には何か心配事があるようだ。彼は扉を閉め、その横に立つ下士官以外の全員を席につかせると、ポケットから紙を取り出して僕たちに言った。「将校諸君、重要な知らせだ！　将軍からの手紙を読むので聞いていただきたい」そこで彼は眼鏡をかけて、読み上げた。

「ベロゴールスク要塞司令官　ミローノフ大尉殿

極秘につき

貴下に報告す。拘禁状態から脱走したドン・コサックで分離派教徒のエメリヤン・プガチョーフは、畏れ多くも亡き皇帝ピョートル三世の名を騙《かた》り、悪党一味を集め、ヤイークの村落にて蜂起せり。いたる所で略奪、殺人を行いつつ、すでに数か所の要塞を占領、破壊せり。ついては本状を受け取り次第、大尉殿は、貴下に監督を委任されし要塞に件の賊、僭称者が現れし場合には、これを撃退すべく、また可能なればこれを完全に殲滅すべく速やかに然るべき方策をお取り願いたし」

「然るべき方策を取れ！」眼鏡を外して紙を置きながら司令官が言った。「まあ聞いてくれ、言うは易しだな。賊は手ごわいらしい。わしらはたったの百三十名。コサックどもは数に入れておらん。あてにならんからな。お前に文句を言っているのではないぞ、マクシームイチ（下士官はにやりとした）。だが、やるしかないのだ、将校諸君！　手抜かりがあってはならん。見張りと夜警を頼む。強襲を受けた際には、門を閉め、兵隊を外へ出すのだ。マクシームイチ、お前はコサックどもをよく見ておけ。大砲を点検し、しっかり掃除しておくように。何より、このことはくれぐれも内密に。要塞の誰にも早々には知られないように」

一通りの指示を与えると、イヴァン・クジミーチは僕たちを解散させた。僕はシヴァーブリンと一緒に部屋を出た。いま聞いたばかりのことを話していた。「あんた、どうなると思う?」僕は彼にたずねた。「神のみぞ知るだな」彼が答えた。「様子を見よう。さしあたり大したことはなさそうだ。もしも……」ここで彼は考え込んだ。それから、うわの空でフランスのアリアを口笛でやりだした。

僕たちが十分に用心していたというのに、プガチョーフが現れたという話が要塞中を駆けめぐった。イヴァン・クジミーチは自分の妻には大いに敬意を払っていたけれど、軍務上で彼に明かされた機密は何があっても彼女にもらさなかった。将軍から手紙を受け取った彼は、かなり巧妙なやり方でヴァシリーサ・エゴーロヴナを追い出しにかかった。どうやらゲラーシム神父がオレンブルグから素晴らしい知らせを受け取ったのだが、神父はそれをひた隠しにしているらしいと言ったんだ。すぐさま神父の奥さんをたずねたくなったヴァシリーサ・エゴーロヴナは、娘を一人で淋しがらせてはいけないというイヴァン・クジミーチのすすめにしたがって、マーシャも一緒に連れていった。

完全な主となったイヴァン・クジミーチはすぐに僕たちを呼びに行かせ、パラーシカを納戸に閉じ込めた。彼女が盗み聞きできないようにするためだ。

神父の奥さんから何の情報も得られずじまいで、ヴァシリーサ・エゴーロヴナが帰ってきた。それから彼女は、自分がいない間にイヴァン・クジミーチが会議を開いたこと、パラーシカが閉じ込められていたことを知った。彼女はだまされたのに気がついて、イヴァン・クジミーチを問い詰める。だが、この攻撃への備えは万全だ。彼は少しもうろたえることなく、事の次第を知りたがる妻に饒舌に答えた。「まあ聞いてくれ、母さん、要塞の女どもが暖炉にわらで火をつけようとしたのだ。よくないことが起こるといかんから、わしは女どもに今後はわらで暖炉を焚かんように、枯れ枝や落ちた枝で焚くようにと厳重に言いつけたのだ」「それじゃあ、どうしてパラーシカを閉じ込めなくちゃならなかったんです？」司令官夫人がたずねた。「かわいそうに、何だってあの子は私たちが戻ってくるまで納戸の中にいたんです？」イヴァン・クジミーチはこの質問の答えを用意していなかった。しどろもどろになり、支離滅裂なことをぶつぶつ言った。ヴァシリーサ・エゴーロヴナは夫の企みを見て取ったが、彼から何も聞き出せそうにないのが分かると、質問するのをやめて、話題を塩漬けキュウリに変えた。アクリーナ・パムフィーロヴナが全くの自己流で漬けていたキュウリだ。ヴァシリーサ・エゴーロヴナは一晩中寝つけなかったが、夫が何を考えているのか、何を知られたくないのか、見当がつかなかった。

　あくる日、朝の礼拝式から戻る途中、彼女はイヴァン・イグナーチイチが大砲からぼろ布やら小石、木屑、小さな骨[3]、子どもたちが押し込んだあらゆるがらくたを引っぱり出しているのを見た。「これって、戦いの準備なの？」司令官夫人は考えた。「キルギス人たちの攻撃があるのかしら？　でも、その程度のことならイヴァン・クジミーチは私に隠したりしないでしょう？」彼女はイヴァン・イグナーチイチを呼んだ。ご婦人方につきものの好奇心を悩ませていた秘密を、彼から聞き出してやろうと固く決意したんだ。

ヴァシリーサ・エゴーロヴナは、家事についていくつかの注意を与えた。ちょうど判事が審理を関係のない質問から始めて、まずは被告人を油断させようとするように。それからしばらく黙ったあと、深くため息をついて、首を横に振りながら言った。「ああ、神様！　大変な知らせだわね！　どうなるんでしょう？」

「いやあ、奥様！」イヴァン・イグナーチイチが答えた。「神は慈悲深いですから。ここには兵隊も十分におります。火薬もたくさんあります。大砲は私が掃除しました。まあ、プガチョーフなんぞ撃退しますよ。神に見捨てられねば、豚には食われますまい[4]！」

「そのプガチョーフって、誰なの？」司令官夫人はたずねた。

　ここでイヴァン・イグナーチイチは、口を滑らしてしまったことに気がついて、言葉を飲み込んだ。だがもう遅い。ヴァシリーサ・エゴーロヴナは、誰にも言わないか

---

3　動物の小さな骨を用いた民衆の遊びがある。

4　「何とかなる」の意味。

らと約束して、彼にすべてを白状させた。

ヴァシリーサ・エゴーロヴナは約束を守って誰にも一言たりとも話さなかった。神父の奥さんだけが例外だが、それはひとえに、彼女の牛がステップに放してあって、賊に盗られるおそれがあったからだ。

やがてみんながプガチョーフについて話し始めた。様々な噂が飛び交った。司令官は下士官に、近隣の村落や要塞に関する情報をしっかり収集してくる任務を与えて送り出した。二日後に帰ってきた下士官によると、要塞から六十露里ほど離れたステップで彼はたくさんの火を目にしたし、バシキール人たちから聞いた話では正体不明の勢力が向かってきているという。しかし、彼は確かなことは何も言えなかった。それ以上先へ進むのが怖かったからだ。

要塞の中のコサックたちがいつになく浮足立っているのが分かる。どの通りでも何人かでかたまってひそひそ話しているのが、竜騎兵や守備隊の兵士を見かけると散っていく。コサックたちのもとへスパイが送られた。ユラーイというキリスト教の洗礼を受けたカルムイク人から、司令官に重要な報告があった。ユラーイによれば、下士官の証言は偽りで、このずる賢いコサックはこちらへ戻ってくると仲間たちにはこう伝えたという。自分は反乱者たちのところへ行った。そして、誰あろう彼らのリーダーに自己紹介をすると、その男は手にキスすることを許してくれた。それから長いこと一緒に話し込んだのだと。司令官はただちに下士官を拘禁し、ユラーイをその地位にすえた。これを知ったコサックたちははっきりと不満を示した。彼らは大声で文句を言い、司令官の命令を遂行するイヴァン・イグナーチイチは自分の耳で、彼らがこう言うのを聞いたんだ。「この野郎、今に見てろよ、守備隊のネズミ！」この日、司令官は逮捕した男を尋問しようとしたけれど、下士官は脱走していた。おそらくは、仲間が手引きしたんだろう。

新たな展開が司令官の懸念をさらに強める。蜂起を煽るビラを持ったバシキール人が捕まったんだ。これを受けて司令官は将校たちをまた集めるために、ヴァシリーサ・エゴーロヴナをもっともらしい口実を作ってまた遠ざけようと思った。けれど、イヴァン・クジミーチは本当に裏表がなくて正直な人だったから、すでに一度使った方法とは別の方法を見つけられなかったんだ。

「まあ聞いてくれ、ヴァシリーサ・エゴーロヴナ」咳払いをしながら言った。「どうやら、ゲラーシム神父が町から……」「嘘はもうたくさんですよ、イヴァン・クジミーチ」司令官夫人がさえぎった。「あなたは会議を招集したい、私を抜きにしてエメリヤン・プガチョーフのことを話し合いたいのよね。そうは問屋が卸さないわ」イヴァン・クジミーチは目を丸くした。「それなら、母さんや」彼は言った。「もう全部知っているというなら、残ったらいいさ。お前も加えて話し合おう」「それがいいですよ、お父さん」彼女が答えた。「騙そうなんて思ったらだめ。さあ、将校たちをお呼びになって」

僕たちはふたたび集まった。夫人も同席する場でイヴァン・クジミーチが僕たちに読み上げたのはプガチョーフの檄文で、これは少しばかり読み書きのできるコサックが書いている。賊は近いうちにこの要塞にやってくる意思を示している。そのうえで、コサックや兵士たちには一味に加わるように呼びかけ、指揮官たちには刃向かわないように諭し、さもなければ処刑すると脅している。檄文は粗削りだけれど力強い言葉で書かれていて、単純な人たちには危険な印象を与えるに違いない。

「とんでもないペテン師だわ！」司令官夫人が大声をあげた。「よくも私たちに言えたものね！　迎えに出て来い、自分の足元に軍旗を置けだなんて！　ああ、この男は犬畜生！　知らないのかしら、私たちが軍務に就いてもう四十年、神様のおかげで、何もかも見飽きるほど見てきたってことを？　賊の言いなりになる指揮官なんていたのかしら？」

「ありえんだろうな」イヴァン・クジミーチが答えた。「だが、この賊はすでに多くの要塞を占領しているらしい」

「実際のところ、こいつは手ごわいようですね」シヴァーブリンが発言した。

「それなら今こそ、やつの本当の力を見極めてやろうではないか」司令官が言った。「ヴァシリーサ・エゴーロヴナ、倉庫の鍵をくれ。イヴァン・イグナーチイチ、バシキール人を連れてきてくれ。それと、ユラーイには鞭を持ってくるように言ってくれ」

「待ってください、イヴァン・クジミーチ」立ち上がりながら、司令官夫人が言った。「マーシャをどこかへ連れ出しますね。悲鳴を聞いたら、あの子は縮み上がってしまいますよ。私だって、正直なところ、拷問はご免なんです。では、失礼しますよ」

拷問はその昔から訴訟の慣習の中にしっかり根づいてしまったので、その廃止を定

5　プガチョーフの檄文を、プーシキンは当時の検閲に配慮して部分的にさえ引用できなかった。そのため、ミローノフ大尉やヴァシリーサ・エゴーロヴナのセリフから読者にその内容を想像させている。

めた有益な法令も長い間何ら効力を発揮していなかった。犯罪者を確実に摘発するためには、本人の自白が不可欠とみなされていた。しかし、これには根拠がないばかりか、法律の常識に全く反してさえもいる。被告人の否認がその無罪の証明にならないのだとすれば、被告人の自白だって有罪の証明になるはずもないのだから。現在でもときおり、この野蛮な慣習の廃止を残念がる年配の判事たちの声を耳にする。ましてこの時代には、判事であれ、被告人であれ、拷問の必要性を誰も疑ってはいなかった。だから、司令官の命令には僕たちのうちの誰も驚きもしなかったし、うろたえもしなかった。イヴァン・イグナーチイチは司令官夫人から鍵を受け取って、バシキール人を閉じ込めていた倉庫へ向かい、数分後には囚人が控えの間に連れてこられた。司令官は彼を目の前に引き出すよう命じた。

バシキール人はようやくのことで敷居をまたぐと（足枷をはめられていた）、背高帽を取って、扉のそばで止まった。僕は彼を見て震え上がった。この男を決して忘れないだろう。七十歳を超えているようだ。鼻も耳もない。頭は剃り上げられている。あごひげの代わりに、白い毛が何本か突き出ている。背は低く、やせて、腰が曲がっている。だが、細い眼はぎらぎら燃えている。「ははあ！」その恐ろしい特徴から、この男が一七四一年に処罰された暴徒たちのうちの一人であると気づいて、司令官が言った。「どうやら、老いぼれ狼め、お前はわしらの罠にかかったことがあるな。暴れるのはこれが初めてではあるまい、それだけ頭をつるつるにされているのだからな。もっと近くへ来い。言え、誰がお前を送り込んだのだ?」[6]

年老いたバシキール人は黙って、全く意味が分からないという様子で司令官を見つめている。「なぜ黙っているのだ?」イヴァン・クジミーチは続けた。「ロシア語はさっぱり分からんのか? ユラーイ、お前たちの言葉で聞いてみろ。誰がお前をこの要塞に送り込んだのか、とな」

ユラーイはタタール語でイヴァン・クジミーチの質問を繰り返した。だが、バシ

6　バシキールで起こった蜂起の鎮圧に関して、プーシキンは『プガチョーフ反乱史』および皇帝宛ての一八三五年一月二十六日の上申書の中で以下のように記している――「将軍ウルーソフ公爵がバシキールにおいて行った処罰は信じがたいものです。約百三十名の人間がありとあらゆる苦しみの中で殺害されたのです! ルイチコーフは『その他の千名近い人々は赦されたが、鼻と耳をそぎ落とされた』と書いています。このとき赦された者たちの多くは、プガチョーフの反乱の時代にも存命だったはずです」

キール人は表情を変えずに彼を見つめたまま、何も答えない。
「よかろう《ヤクシー》[7]」司令官が言った。「お前には存分に話してもらうぞ。みんな！　この男のおかしな縞模様の長衣を脱がして、背中にビシビシ縫い目をつけてやるのだ。いいか、ユラーイ。しっかりやれ！」

　二人の退役軍人がバシキール人の服を脱がせ始める。かわいそうな男の顔には不安が浮き出ている。四方を見回す彼は、子どもたちに捕まった小さな獣のようだ。退役軍人のうちの一人が男の両腕を取って自分の首のあたりにのせると、両肩で老人を持ち上げた。ユラーイは鞭をつかみ、振り回し始める。すると、バシキール人は弱々しい、祈るような声でうめき出し、首を縦に振って、口を開けた。舌は切り取られて、残った付け根の部分が揺れていた。

　これが僕の生きてきた時代の中で起こったということ、また、僕がいまや皇帝アレクサンドル[8]の穏やかな治世まで生きながらえてきたことを思うと、啓蒙の急速な成功と人権尊重の普及に感嘆せざるをえない。若い人よ！　僕の手記が君の手に渡ったのなら、思い出してほしい。最良の、最も確実な変革とは、習俗の改良から生じるものだ。暴力による変動なんて一切いらない。

一同は愕然とした。「そうか」司令官が言った。「こいつからは何も聞き出せんようだな。ユラーイ、バシキール人を倉庫へ連れていけ。それで諸君、わしらはもう少し話し合うとしよう」

僕たちが現在の状況について検討し始めたとたん、ヴァシリーサ・エゴーロヴナが部屋に入ってきた。肩で息をして、かなり取り乱している。

「どうした？」司令官が驚いてたずねた。

「みなさん、大変ですよ！」ヴァシリーサ・エゴーロヴナが答えた。「ニージネオジョールナヤ要塞[9]が今朝、落ちたわ。ゲラーシム神父の下男が、たった今そこから戻ってきたの。要塞が占領されるのを見たそうよ。司令官と将校全員が吊るされたっ

---

7　タタール語。

8　アレクサンドル一世（在位一八〇一～一八二五）。

9　ヤイーク川右岸の要塞村落で、オレンブルグの西九十三露里にあった。ニージネオジョールナヤ要塞の占領と、司令官ハールロフ少佐率いる守備隊の壊滅については、『プガチョーフ反乱史』第二章に記されている。また『大尉の娘』の草稿には、ハールロフとその若い妻についての記述があるが、最終稿からはプーシキン自身によって削除されている。

て。兵隊たちは全員捕虜にされたって。賊の一味がいつここに来てもおかしくないわ」

思いがけない知らせに僕は強い衝撃を受けた。ニージネオジョールナヤ要塞の司令官は物静かなつつましい若者で、知り合いだった。二か月ほど前にオレンブルグから若い奥さんと一緒にやってきて、イヴァン・クジミーチの家に泊まったんだ。ニージネオジョールナヤは僕たちの要塞から二十五露里ほどのところにある。プガチョーフの攻撃の手は、こちらにも刻一刻と迫ってきているに違いない。マリヤ・イヴァーノヴナの運命がまざまざと目に浮かんで、心臓が止まりそうだった。

「聞いてください、イヴァン・クジミーチ」僕は司令官に言った。「私たちの責務は命尽きるまで要塞を守ることです。それに異議はありません。しかし、女性たちの安全を考えなければなりません。まだ道が通れるなら、彼女たちをオレンブルグへ送ってください。あるいは、賊どもの手の届かない、もっと遠くの安心できる要塞へ」

イヴァン・クジミーチは妻に言った。「まあ聞いてくれ、母さん、どうだろう、わしらがやつらと片をつけるまで、実際にお前たちを遠くへ送っておくというのは？」

「まあ、くだらない！」司令官夫人が言った。「弾の飛んでこない要塞なんて、どこにありますか？　どうしてベロゴールスクでは安心できないんです？　神様のおかげで、足掛け二十二年、ここに住んできたんじゃないですか。バシキール人たちも、キルギス人たちも見てきましたよ。プガチョーフからだって、何とか守り切りましょうよ！」

「だがな、母さん」イヴァン・クジミーチが言い返した。「まあ残ればいい。お前がこの要塞が安心だというならな。しかし、マーシャはどうする？　守り切れるか、さもなくば援軍が来るまで持ちこたえられればいいが、もしも悪党どもに要塞を占領されたら？」

「そうね、そのときは……」ヴァシリーサ・エゴーロヴナはそこまで言いかけて黙り込んだ。かなり動揺している。

「だめだ、ヴァシリーサ・エゴーロヴナ」司令官は、自分の言葉が、おそらく人生で初めて効き目があったことに気がつきながら、話を続けた。「マーシャがここに残るのはよくない。あの子はオレンブルグに送ろう、あの子の洗礼母のところへ。向こうには軍隊も大砲も十分ある。壁も石造りだしな。それで、お前もあの子と一緒に向こうへ行ったらどうかと思う。婆さんだからといって、考えてみろ、どういう目に遭うか分からんぞ。もしも砦が強襲を受けて占領されたなら」

「承知しました」司令官夫人が言った。「そうしましょう。マーシャを向こうへ送りましょう。でも、私には寝ぼけたことを言わないで。私は行きませんよ。どうしようもないわ、この年になってあなたと別れて、よその土地で独りぼっちのお墓を探したって。一緒に生きてきたんですから、一緒に死にます」

「それもそうだな」司令官が言った。「よし、ぐずぐずしてはおれん。マーシャに旅支度をさせてくれ。明日の夜明け前には出発させよう。そうだ、護送隊をつけよう。余分な人間などいないのだがな。で、マーシャはどこだ？」

「アクリーナ・パムフィーロヴナのところです」司令官夫人が答えた。「ニージネオジョールナヤが占領されたと聞いて、あの子は具合が悪くなったんです。寝込んでなきゃいいけれど。神様、この年になってこんな目にあうなんて！」

ヴァシリーサ・エゴーロヴナは、娘の出発準備をするために慌ただしく出ていった。司令官を囲んで話は続いていたが、僕はもうそれに加わらず、何も聞いていなかった。僕たち夕食に現れたマリヤ・イヴァーノヴナの顔は青ざめて、泣いた跡が残っていた。僕たちは黙って食事をとり、いつもより早めに席を立った。一家に挨拶をして、それぞれの家へと別れた。だけど僕は、わざと剣を忘れておいて取りに戻った。マリヤ・イヴァーノヴナが一人で残っているような気がしたんだ。思った通り、彼女は僕を入り口で出迎え、剣を渡してくれた。「さようなら、ピョートル・アンドレーイチ！」涙を浮かべて彼女が言った。「私はオレンブルグへ送られます。元気で、お幸せに。もしかしたら、神様は私たちをまた引き合わせてくれるかもしれません。そうでないなら……」そこで彼女は堰を切ったように泣き出した。僕は彼女を抱きしめた。「さようなら、僕の天使」僕は言った。「さようなら、僕のかわいい人、大好きな人！　僕に何が起こったとしても、信じてほしい、僕が最後に思うのは、僕が最後に祈るのは君のことだ！」僕の胸にしがみついて、マーシャは泣きじゃくっていた。彼女に熱いキスをすると、僕は足早に部屋を出た。

# 第七章　強襲

おいらの首よ、首ちゃんよ、
働き者の首ちゃんよ！
働いたんだ、おいらの首ちゃん、
ちょうど三十と三年のあいだ。
ああ、首ちゃんは勤め上げた、
何の得も、よろこびもなく、
ねぎらいの言葉もかけられず、
高い位ももらえずに。
もらったのはただ、
二本の高い柱と

カエデの横木、
それに絹の輪っかだけ。

民謡[1]

その夜は眠らなかった。服も脱がなかった。夜明けには要塞の門まで行くつもりだった。マリヤ・イヴァーノヴナが出ていくだろうから、そこで最後のお別れをしようと思っていたんだ。自分が大きく変わったと感じていた。この心の高ぶりは、少し前に僕がはまり込んだ憂鬱に比べれば、ずっとましだ。僕の中で別離の悲しみに、おぼろげだけれど心地よい希望と、居ても立ってもいられないような危険の予感と、気高い功名心とが混じり合っていた。気がつくと夜が明けている。僕が家から出ようとすると、扉が開いて伍長が入ってきた。彼の報告によれば、要塞にいたコサックたち

1　銃兵首領の処刑にまつわる歌からの引用。

は夜のうちに出ていき、無理やりユラーイを連れていった。そして要塞の周辺で正体不明の人間たちが馬を乗り回しているという。マリヤ・イヴァーノヴナが出発できないかと思うと、僕はぞっとした。取り急ぎ伍長にいくつかの指示を与え、そのまま司令官のもとへ急いだ。

すでに明るくなってきていた。通りを走っていると、僕を呼ぶ声が聞こえた。僕は立ち止まった。「どちらへ？」僕に追いついてきて言ったのは、イヴァン・イグナーチイチだ。「イヴァン・クジミーチは堡塁にいまして、あなたを呼んでこいとのことです。プガーチ[2]がやってきました」「マリヤ・イヴァーノヴナは出ていきましたか？」ドキドキしながら僕はたずねた。「だめでした」イヴァン・イグナーチイチは答えた。「オレンブルグへの道は分断されていますし、要塞は包囲されています。まずいですな、ピョートル・アンドレーイチ！」

僕たちは堡塁へ行った。堡塁といっても、自然が作り出した高台で、そこに柵をめぐらせてあるだけだ。そこにはすでに要塞のすべての住人たちが押し寄せている。守備隊は銃を持っている。大砲が昨晩ここへ引き出された。司令官は少人数の隊列の前を行ったり来たり。迫りくる脅威に、古強者はいつになく武者震いをしている。要塞からそう離れていないステップを、二十人ほどが馬にまたがって駆け回っている。コサックたちのようだが、中にはバシキール人たちも混じっている。オオヤマネコの帽子と矢筒で一目瞭然だ。司令官は隊列の周りを歩きながら、兵隊たちに話しかけた。

「さあ、みんな、今日こそ母なる女帝陛下[3]のために立ち上がろう。そして、わしらが誓いを立てた勇者であることを、世に知らしめようではないか！」兵隊たちは鬨《とき》の声をあげた。シヴァーブリンは僕のそばに立って、敵軍をじっと見ている。ステップを駆ける男たちは要塞の動きを察知すると、集まって相談し始めた。司令官はイヴァン・イグナーチイチに大砲をその集団へ向けさせ、自分で導火線に火をつけた。うなりをあげた砲弾は男たちの上を飛び越えてしまい、何の損害も与えなかった。馬に乗った男たちは、四方に散らばり、たちまち逃げ去って見えなくなった。ステップは空っぽになった。

そのとき、堡塁にヴァシリーサ・エゴーロヴナがやってきた。マーシャも一緒で、

---

2　「プガチョーフ」を省略した、俗語的な表現。
3　エカテリーナ二世のこと。

母親から離れようとしなかった。「ねえ、どうです?」司令官夫人が言った。「戦況は? 敵はどこにいるんです?」「敵はそう遠くない」イヴァン・クジミーチが答えた。「神様はきっと何とかしてくださる。マーシャ、怖いのか?」「いいえ、お父さま」マリヤ・イヴァーノヴナが答えた。「家に一人でいる方が怖いわ」そして、彼女は僕を見つめて、無理に笑顔を作ってみせた。思わず僕は剣の柄を握りしめた。昨日の夜、彼女からこの剣を受け取ったことを思い出しながら、まるで愛する人を守るように握りしめた。心は燃えていた。彼女の騎士になったような気がしていたんだ。自分が彼女の信頼に値する者であることをどうしても証明したくなって、決定的瞬間がやってくるのを今か今かと待っていた。

このとき、要塞から半露里ほどにある小山の向こうから新たな馬の群れが姿を現したかと思うと、すぐにステップは槍や弓で武装した大勢の人間で埋め尽くされた。その中には白馬にまたがった赤いカフタン[4]の男がいて、抜き身のサーベルを持っている。プガチョーフその人だ。彼が馬を止めると、周りに取り巻きができた。そしてどうやら彼の命令を受けて四人の男がそこから離れ、要塞の近くまで全速力で馬を飛ばしてくる。僕たちはそれが、こちらから寝返った者たちだと分かった。そのうちの一人は帽子の上に一枚の紙をかかげていた。他の一人が槍先に突き刺していたのはユラーイの首で、槍をひと振りしてそれを柵ごしに投げ込んできた。哀れなカルムイク人の首は、司令官の足元に落ちた。裏切者たちが叫んだ。「撃つな。陛下の前へ出てこい。陛下がここにおられる！」

「目にもの見せてくれるわ！」イヴァン・クジミーチが叫んだ。「みんな！　撃てえ！」兵隊たちは一斉射撃を浴びせた。手紙を持っていたコサックは、よろめいて馬から転げ落ちた。残りの者たちは逃げ帰っていく。僕はマリヤ・イヴァーノヴナを見た。血まみれのユラーイの首を目の当たりにして恐れおののき、一斉射撃で耳をつんざかれて、気を失っているようだ。司令官は伍長を呼び、死んだコサックの手から紙を取ってくるように命じた。外へ出ていった伍長は、死んだ男の馬を連れて戻ってきた。彼は司令官に手紙を渡した。イヴァン・クジミーチは一人でそれを読み終えると、ビリビリ破いた。そうしているうちにも、反徒たちが動き出す準備をしているのが見える。やがて僕たちの耳元で銃弾がうなりをあげ始め、何本かの矢が僕たちの周りの

4　丈の長い、前開きの服。

地面や柵に突き刺さった。「ヴァシリーサ・エゴーロヴナ！」司令官が言った。「ここは女のいるところじゃない。マーシャを連れていけ。見てみろ、あの子は正気を失くしているじゃないか」

ヴァシリーサ・エゴーロヴナは、飛び交う弾丸の下ですっかりおとなしくなっていた。彼女はステップを眺めた。大軍が来るのがはっきり分かる。それから、夫にこう言った。「イヴァン・クジミーチ、生きるも死ぬも、神の御心次第です。マーシャを祝福して。マーシャ、お父様のところへ」

青ざめて震えているマーシャはイヴァン・クジミーチのそばへ来ると、彼の足元にひざまずき、地面に着くほどに頭を下げた。年老いた司令官は彼女に三度、十字を切った。それから彼女を抱え上げ、キスし、声の調子を変えて言った。「さあ、マーシャ、幸せになるんだよ。神様に祈りなさい。神様はお前を見捨てはしない。いい人が見つかったら、神様が愛と調和を与えてくれますように。生きるのだ、わしがヴァシリーサ・エゴーロヴナと生きたように。さあ、お別れだよ、マーシャ。ヴァシリーサ・エゴーロヴナ、早くこの子を連れていってくれ」（マーシャは父親の首にすがりついて、泣きじゃくった）。「キスを、私たちも」泣き出しながら、司令官夫人が言った。「さようなら、私のイヴァン・クジミーチ。許してね。私があなたのお気に障るようなことをしていたら！」「さらば、さらばだ、お前！」愛する老婆を抱きしめて、司令官が言った。「さあ、もういいだろう！　行くんだ、家へ帰れ。間に合うようなら、マーシャにサラファン[5]を着せるのだ」司令官夫人は娘とともに離れていった。僕はマリヤ・イヴァーノヴナの姿を目で追う。彼女は振り返って、僕にうなずく。イヴァン・クジミーチは僕たちの方に向き直って、全神経を敵に集中させた。反徒たちはリーダーの周りに集まると、いきなり馬からおり始めた。「いいか、しっかりな」司令官が言った。「強襲が来る……」このとき、恐ろしい金切り声と叫び声が響き渡った。反徒たちが要塞めがけて全速力で走ってきたんだ。こちらの大砲には散弾がこめてある。司令官は彼らを至近距離まで引きつけてから、いきなりまたぶっぱなした。散弾は軍勢のど真ん中をとらえた。反徒たちは左右に分かれると、退き始めた。彼らのリーダーは一人で前線に残っている……。サーベルを振り回し、彼らを熱い言

5　ロシアの女性、特に農民女性の衣装。ジャンパースカートのように、ひもで吊る。ここでサラファンを着せることは、マーシャの素性を隠す目的があると思われる。

葉で説得しているようだ……。金切り声や叫び声は一瞬静まったものの、すぐにまたわき起こった。「よし、みんな」司令官は言った。「今すぐ門を開け、太鼓を叩け。みんな！　前進、出撃だ、わしに続けえ！」

　司令官とイヴァン・イグナーチイチと僕は、あっという間に要塞の堡塁の外に出た。けれど、おじけづいた守備隊はぴくりともしない。「みんな、どうして突っ立っているのだ？」イヴァン・クジミーチが叫んだ。「死ぬとなれば潔く死ぬのだ。それが兵隊の務めだぞ！」そのとき、反徒たちが僕たちに襲いかかり、要塞の中へ突っ込んできた。太鼓の音がやんだ。守備隊は銃を捨てた。僕は押し倒されそうになったけれど、立ち上がって、反徒たちもろとも要塞の中になだれ込んだ。司令官は頭を負傷し、悪党どもに囲まれていた。彼らは鍵を渡せ[6]と言っている。僕は司令官を助けようと飛び込んでいった。けれど、屈強なコサックが数人がかりで僕を捕まえて帯で縛り、彼らは言い放った。「目にものを見せてくれるぞ、陛下に背いた者どもめ！」僕たちは通りを引っぱられていく。住民たちがパンと塩[7]を持って家から出てくる。鐘の音が鳴り響く。にわかに群衆の中から大きな声が聞こえた。陛下が広場で捕虜たちを待っていて、彼らの宣誓を受けるという。人々は広場に殺到した。僕たちはそこへ引き出されたんだ。

プガチョーフは司令官の家の玄関先で、肘掛け椅子に腰を下ろしていた。コサック風の美しいカフタンには、モールが縫いつけられている。金色の房のついたクロテンの背高帽がぎらぎらと光る目の上にかかっている。この顔はどこかで見たことがあるような気がする。コサックの幹部たちが彼を取り巻いている。ゲラーシム神父は青ざめて震えながら、玄関先のすぐ横に立って両手で十字架を握っている。どうやら、来るべき犠牲者たちのために、プガチョーフに無言で命乞いをしているようだ。広場には手早く絞首台が作られた。僕たちが近づくと、バシキール人たちが人々を追い払い、僕たちをプガチョーフの前へ突き出した。鐘の音がやんで、深い静寂が訪れた。「司令官はどいつだ?」皇帝を僭称する男がたずねた。こちら側の下士官が人だかりの中から出てきて、イヴァン・クジミーチを指さした。プガチョーフは恐ろしい形相で老人をにらみつけて言った。「どうしてお前はこのわしに、自分の君主に逆らったん

6　要塞の鍵を渡すことは、降伏のしるしとなる。
7　歓迎の象徴。

だ？」司令官は怪我を負ってふらつきながらも、最後の力を振り絞り、しっかりした声で答えた。「わしにとって、貴様は君主ではない。貴様など泥棒だ、僭称者だ！　よく聞いておけ！」プガチョーフは暗く顔をしかめ、白いハンカチを振った。数人のコサックが年老いた大尉を捕え、絞首台へ引いていった。横木の上では、僕たちが昨晩取り調べたあのバシキール人が馬乗りになっていた。この男は縄を握っていたが、その一分後に僕が見たのは、哀れなイヴァン・クジミーチの宙に吊るされた姿だった。そのとき、プガチョーフの前にイヴァン・イグナーチイチが連れてこられた。「忠誠を誓え」プガチョーフが言った。「君主ピョートル・フョードロヴィチ[8]に！」「わしらにとって、貴様は君主ではない」大尉の言葉を繰り返して、イヴァン・イグナーチイチが答えた。「おっさん、貴様など泥棒だ、僭称者だ！」プガチョーフはふたたびハンカチを振り、善良なる中尉は年老いた上官の隣に吊るされた。

僕の番だ。僕は勇気を出してプガチョーフを見た。肝のすわった仲間たちの答えを繰り返すつもりだった。そのとき、僕は言葉も出ないほどに驚いた。反徒の幹部たちの中に、シヴァーブリンが混じっていたんだ。彼は頭を丸く刈り込み、コサック風のカフタンを着ている。彼はプガチョーフに近づいて、耳元で二言三言ささやいた。

「こいつを吊るせ！」プガチョーフが、僕を見ることもなく言った。首に輪っかがかけられた。心の中で祈りの言葉を唱えた。これまでに犯したすべての罪について神に心から許しを乞い、僕の心に近いすべての人たちを神が救ってくれるように祈った。絞首台の下に引き出された。「怖がりなさんな、怖がりなさんな」人殺したちが僕に繰り返した。ひょっとすると、本当に僕を励まそうとしているのかもしれない。だしぬけに叫び声が聞こえた。「やめろ、ばちあたりども！　ちょっと待て！……」執行人たちが動きを止めた。見えたのはサヴェーリイチで、プガチョーフの足元にひれ伏している。「我が父よ！」哀れなじいやが話している。「貴族の子どもを殺して、何の得になります？　放してやってくだされ。身代金がもらえますぞ。見せしめとか脅しのためなら、おらを、このじいさんでも吊るしなされ！」プガチョーフが合図を出すと、僕はすぐに縄をほどかれて自由になった。「われらの父上様が、お前をお赦しになる」僕はそう言われた。この瞬間、解き放たれたことが嬉しかったとは言えない。だけど、解き放たれたことが悔しかったとも言わない。僕の気持ちは、あまりにも混

8　ピョートル三世のこと。プガチョーフが僭称している。

乱していた。僕はまた僭称者の前へ連れていかれ、ひざまずかされた。プガチョーフは節くれだった手を差し出した。「キスをしろ、手にキスをしろ！」周りでそう言う声がした。だが、こんな卑劣な侮辱を受けるぐらいなら、一番残忍な刑に処される方がいい。「ねえ、ピョートル・アンドレーイチ！」僕の後ろに立ったサヴェーリイチが、ささやきながらつついてくる。「強情を張りなさるな！　何てことはねえでしょう。つば吐いて、それでキスしなせえ、この悪……（ちっ！）この人の手に」僕はぴくりとも動かなかった。プガチョーフは手を下ろすと、薄笑いを浮かべて言った。「将校さんは、嬉しくってどうかしちまったらしい。こいつを立たせろ！」僕は引き上げられ、自由の身になった。そしてこのおぞましい喜劇の続きを見ることになった。

住民たちが宣誓をし始めた。一人一人やってきてキリストの磔刑《たっけい》像にキスをし、それから僭称者にお辞儀をする。守備隊の兵隊たちもそこに並んでいる。中隊付きの仕立屋が、切れ味の悪い鋏を振りかざして、兵隊たちの長い後ろ髪[9]を切っていく。兵隊たちは髪の毛を払い落としながらプガチョーフの手に近づき、プガチョーフは彼らに赦しを与え、一味に加える。これがえんえん三時間ほど続いた。ようやくプガチョーフが肘掛け椅子から立ち上がり、幹部たちを従えて玄関先の階段を下りた。彼のもとに連れてこられた白馬は、豪華な馬具で飾られている。二人のコサックがそれぞれ彼の腕を取って鞍にまたがらせた。彼はゲラーシム神父に、昼食は神父の家でとると伝えた。そのとき、女性の叫び声が響いた。数人の追いはぎがヴァシリーサ・エゴーロヴナを玄関先に引き出したんだ。取り乱した彼女は、服をはぎ取られている。一人はもう彼女のチョッキを羽織っている。他の者たちは、羽布団や長持、茶器、下着、がらくたにいたるまで引きずり出した。「お願いですから！」哀れな老婆は叫んだ。「私に懺悔する時間をください。どうか、私をイヴァン・クジミーチのところへ連れていってください」すると彼女は不意に絞首台が目に入って、夫を見つけた。「悪人ども！」分別を失くした彼女が叫んだ。「お前たちは何てことをしてくれたの？ 大切なイヴァン・クジミーチ、あなたは勇敢な兵士でした！ プロシアの銃剣も、トルコの弾丸もあなたには触れもしなかったのに。名誉の戦死ならともかく、脱走したならず者の手にかかるなんて！」「老いぼればばあを黙らせろ！」とプガチョーフが言っ

9 兵隊の髪型については、第三章注9を参照のこと。

た。すると若いコサックが彼女の頭をサーベルで一撃した。彼女は玄関先の階段で息絶えた。プガチョーフは馬に乗って去り、人々は彼を追っていった。

# 第八章　招かれざる客

招かれざる客はタタール人より始末が悪い。

諺

広場は空っぽになった。僕は同じ場所に立ちつくし、頭の中を整理できずにいた。あまりにもおぞましい印象で混乱していたんだ。

マリヤ・イヴァーノヴナの安否の知れないことが、何よりも僕を苦しめた。彼女はどこに？　どうなったのか？　うまく身を隠せたのか？　避難先は安全か？……。心配で頭がはちきれそうになりながら、司令官の家に入った……。すっかり空っぽだ。

椅子、テーブル、長持は壊され、食器は割られ、あらゆるものが持ち出されている。小さな階段を駆け上がって、明るい小部屋へ、生まれて初めてマリヤ・イヴァーノヴナの部屋へ入った。彼女の寝床は強盗たちにひっくり返されている。戸棚が打ち壊され、中身は奪われている。空っぽになった聖像入れの前で、灯明がまだかすかに揺れている。窓と窓の間の壁に掛かった鏡も無事だ……。このつつましやかな乙女の庵の主はどこへ行ったのか？ 恐ろしい考えが頭をよぎった。ならず者たちの腕の中にいる彼女を想像したんだ……。胸が締めつけられた……。悲しくて、悲しくて、泣けてきて、僕は大声で愛する人の名を呼んだ……。このとき、かすかな音がして、戸棚のかげからパラーシャ[1]が出てきた。彼女は青ざめて震えている。

「ああ、ピョートル・アンドレーイチ！」両手を打ち合わせて彼女が言った。「何て日でしょう！ 何て恐ろしい！……」

「それで、マリヤ・イヴァーノヴナは？」僕は待ちきれずにたずねた。「マリヤ・イヴァーノヴナはどうなった？」

「お嬢様はご無事です」パラーシャが答えた。「アクリーナ・パムフィーロヴナのところに隠れているんです」

「神父の奥さんのところだって！」僕はぞっとして声を上げた。「大変だ！　あそこにはプガチョーフがいる！……」

部屋を飛び出した。あっという間に通りにいた。そして、司祭[2]の家へまっしぐらに駆けた。何も見えないし、何も感じなかった。着いたその先で響いてきたのは叫び声や、笑い声、歌……。プガチョーフは仲間たちと宴を開いていたんだ。パラーシャも僕を追って走ってきた。アクリーナ・パムフィーロヴナをこっそり呼んでくるように、パラーシャを送り出した。少しして、神父の奥さんが空っぽになった酒瓶を手に、控えの間へ出てきた。

「どうか教えてください！　マリヤ・イヴァーノヴナはどこですか？」そうたずねる僕は、説明できないほど高ぶっていた。

「あの子は寝ていますよ、私のベッドでね。仕切りの向こうです」神父の奥さんは答

---

1　パラーシカのこと。この作品の設定においては「パラーシャ」という呼称は、「パラーシカ」と比べてより親しみのこもった、穏やかな印象がある。

2　この作品では「ゲラーシム神父」のことが、「司祭」と書かれていることがある。厳密に言えば、「司祭」を呼ぶ際に用いる敬称が「神父」である。

えた。「ピョートル・アンドレーイチ、もう少しで一大事になりかけたけれど、神様のおかげで、すべてうまくいきました。賊が昼食の席に着いてすぐに、かわいそうなあの子は目を覚ましてうめき声を上げ出したんです！……。私はもう心臓が止まりそうでしたよ。で、それを耳にした男が『ばあさん、誰がうなってる？』って。私は泥棒の腰のところまで頭を下げて言いました。『姪っ子なんです、陛下。体を患って寝ておりましてね、もう二週目になります』ってね。そうしたら今度は『それで、あんたの姪っ子は若いのか？』と。『はい、若うございます、陛下』『それじゃあばあさん、わしに見せてくれないか、あんたの姪っ子を』心臓がどきりとしましたよ。どうしようもありません。『承知いたしました、陛下。ただ、あの子は起き上がれなくて、陛下の御前に出られませんが』『大丈夫だ、ばあさん。こっちから見に行こう』それであのばちあたりは仕切りの向こうへ行ったんです。どうなることか！　カーテンを引いて、鷹みたいな目でのぞき込んで。でも、ただそれだけ。……神様はお助けくださいました！　信じていただけますかしら、私とお父さんはもう悶え死にそうでしたよ。幸いなことに、あの子には男が誰だか分からなかったんです。神様、どうして私たちがこんな目に！　言っても仕方ありませんけどね！　かわいそうなイヴァン・クジミーチ！　誰がこうなると思ったでしょう！……。それに、ヴァシリーサ・エゴーロヴナは？　イヴァン・イグナーチイチは？　何であの方が？……。あなたはどうして赦されたんです？　それで、シヴァーブリン、あのアレクセイ・イヴァーヌイチという人はどうです？　頭を丸く刈り込んで、今ここであの人たちと宴会をしているんですよ！　変わり身の早いのなんの、あきれて物も言えないわ！　私が病気の姪っ子の話をしたときなんか、あの男ったら、信じていただけますかしら、こうやって私を見たんですよ、まるでナイフで突き刺すように。でも、あの子のことをばらしはしませんでした。それには感謝しますけれどね」このとき、酔っ払った客たちの大声と、ゲラーシム神父の声が聞こえてきた。客たちが酒をよこせと言うので、神父は奥さんを呼んでいたんだ。奥さんはあわてふためいた。「帰ってください、ピョートル・アンドレーイチ」彼女は言った。「今はあなたのお相手をしていられないのよ。賊どもが酒盛りをしていますから。酔っ払いにつかまったりしたら、目も当てられないわ。失礼しますよ、ピョートル・アンドレーイチ。なるようになりますよ。神様はお見捨てにはならないでしょう！」

神父の奥さんはいなくなった。少し落ち着いた僕は、自分の部屋へ戻っていった。

広場を通ると、そこにはバシキール人が何人かいた。彼らは絞首台の周りで押し合いへし合いしながら、吊られた人たちの長靴を脱がそうとしている。爆発しそうな怒りを僕は何とか抑えた。ここで事を起こしても意味がないと思ったんだ。要塞中をならず者たちが走り回り、将校たちの家々を荒らしていった。いたるところで酔っ払った反徒たちの叫び声がこだましていた。家に着くと、サヴェーリイチが敷居のところで迎えてくれた。「ああ神さま、よかったあ！」僕を見て、彼は大声を上げた。「賊どもがまたあなたを捕まえたのかと思いましたよ。ところで坊っちゃん、ピョートル・アンドレーイチ！　信じられますか？　きれいさっぱり持ってかれました、ペテン師どもに。着物、下着、道具、食器、何にも残っちゃいません。でも、そんなのはどうでもいい！　神さまのおかげで、あなたを生きたまま帰してもらえたんだから！　坊っちゃん、あの首領《アタマン》、誰だか分かりましたか？」

「いや、分からなかった。いったい誰なんだ？」

「ええっ、本当ですか？　あの飲んだくれをお忘れですか？　宿屋であなたから長外套をせしめた男ですよ。兎皮の長外套はほとんど新品だったのに。あのごろつきめ、無理やり着込んで、縫い目をプチプチほつれさせてたでしょう！」

　僕はびっくりした。たしかにプガチョーフとあの案内人は、えっと思うほど似ている。プガチョーフとあの男が同一人物だと思えば、僕が赦された理由も理解できた。状況の奇妙なつながりに驚かざるをえなかった。流れ者にやった子ども用の長外套が、僕を絞首台の輪っかから救ってくれたんだ。それに、宿屋をはしごしていた飲んだくれが、いくつもの要塞を包囲し、国家を揺るがしているなんて！

「何か召し上がりませんか？」サヴェーリイチがたずねた。サヴェーリイチはいつも通りで変わらない。「家には何もないけれど、探してきて、何かこしらえましょう」

　一人になって深く考え込んだ。僕はどうすべきだったろう？　賊の手に落ちた要塞に残るべきだったか、それとも、あの男の一味に加わるべきだったのか、どちらも将校にはふさわしくない。義務が求めてくるのは、現在の困難な状況においてまだ祖国の役に立てるような場所へ赴くこと……。だけど、愛が強くすすめてくるのは、マリヤ・イヴァーノヴナのもとに残り、彼女を守り、支えること。状況はすぐに、間違いなく変わる見通しはあるにしても、彼女の危険な立場を想像すると胸騒ぎがしてならなかった。

　こうした思いは、駆け込んできた一人のコサックに断ち切られた。「大帝陛下がお呼びです」「どこにいる？」それに応じようとして、僕は答えた。

「司令官の家です」コサックが答えた。「昼食のあとで陛下は風呂に行かれて、今はお休みになっています。ところでですが、あの方はどこから見ても高貴な生まれだと分かりますな。昼食には子豚の丸焼きを二つ平らげられましたし、お入りになる蒸し風呂があまりにも熱いので、タラース・クーロチキンなどは我慢できず、箒[3]をフォームカ・ビクヴァーエフに渡して、冷たい水をかけてもらって何とか息を吹き返しました。どう申したらよいやら、何をなさるにも堂々とされています……。聞くところでは、風呂では両胸にある皇帝の印をお見せになったとか。一方には五コペイカほどの大きさの双頭の鷲[4]、もう一方には陛下自身の肖像があったそうです」

コサックの意見に反論する必要があるとは思わなかった。彼と一緒に司令官の家へ向かいながら、プガチョーフとの会見を前もって思い描き、それがどんな結果に終わるのかを予想してみた。これを読んでいる人には容易に想像がつくだろうけれど、僕は完全に冷静というわけではなかったんだ。

司令官の家に着くころには、あたりはたそがれていた。犠牲者を吊ったままの絞首台が、黒く不気味に浮かび上がった。哀れな司令官夫人の死体はいまだに玄関先の階段の下に転がっていて、そのわきで二人のコサックが番をしている。僕を連れてきたコサックは、報告をしに行ったがすぐに戻ってきて、僕を部屋に引き入れた。マリヤ・イヴァーノヴナと昨晩、あんなにも優しい気持ちで別れの挨拶を交わした部屋だ。

見たこともない光景が広がっていた。テーブルクロスが掛けられ、酒瓶とコップが並べられた食卓を囲んでいるのは、プガチョーフと十名ほどのコサックの幹部だ。帽子をかぶって色とりどりのルバーシカ[5]を着ている。酒が回って顔は熱くほてり、目はぎらついている。この中にはシヴァーブリンや、要塞の下士官といった、新参の裏切者たちはいなかった。「これはだんな！」僕を見て、プガチョーフが言った。「よくぞいらっしゃいました。おかけください。さあどうぞ」テーブルについていた者たちが席を詰めた。僕は黙って端の席に腰を下ろした。僕の隣は若いコサックで、すらりと

---

3　第三章注12を参照のこと。
4　「双頭の鷲」はロシアの国章になっている。
5　ロシアの男性用の民族衣装。長袖でゆったりしており、立ち襟で左前開きになっている。腰帯を締めて着用する。

した美青年だった。[6] 彼がコップにありきたりのワインを注いでくれたが、僕はそれには手をつけなかった。興味津々でこの集まりを観察し始めた。プガチョーフは上座にいて、テーブルに肘をつき、黒いあごひげに大きな拳をあてている。顔つきは端整で、かなり感じがよく、残虐さのかけらも見えない。プガチョーフがちょくちょく話しかけているのは五十歳ぐらいの男で、彼はこの男を伯爵とか、チモフェーイチとか、[7] ときにはおじきとも呼んでいる。みなが互いに仲間として接していて、リーダーを特別扱いしたりはしない。話題は、今朝の強襲や蜂起の成功、今後の動静だ。それぞれが自らを称え、自分の意見を言い、プガチョーフにも自由に反論する。そして、この奇妙な軍事会議で、オレンブルグへ向かうことが決定された。何とも大胆な行動だが、これがもう少しで成功を収め、僕たちは破滅するところだった！　行軍は明日、と宣言された。「じゃあ、兄弟」プガチョーフが言った。「寝る前に、わしのお気に入りの歌をやろうじゃないか。チュマコーフ！　始めてくれ！」僕の隣の男が甲高い声で物悲しい舟曳きの歌をうたい出すと、みながそれに合わせた。

ざわめくな、母なる緑の森よ、

邪魔するな、おいらを、気のいい若者を。ずっと考えてるんだ。
明日の朝、おいらは、気のいい若者は、尋問にいく。
恐ろしい、皇帝直々の裁きを受ける。
言え、言うのだ、屈強な若者、農民の子よ。
誰とどう盗んだ、誰と奪ったのだ、
もっとたくさん仲間がいるだろう？

6　フョードル・フェドートヴィチ・チュマコーフ（一七二九～一七八六以降）。プガチョーフ軍の砲兵隊長。一七七四年九月にプガチョーフを政府に引き渡したコサックたちのうちの一人。一七七四年十二月十九日付の皇帝の声明によれば、彼らは自らの行いを悔いており、そして「皇帝陛下の声明によって約束された、心から悔い改める者たちへの赦免を知ると、彼らは相談してプガチョーフを拘束し、ヤイークの町に連行した」とある。プガチョーフに対するこの背信行為によって、チュマコーフは政府から赦免された。

7　実際にプガチョーフの一味のうちの何人かは、当時の大貴族を装っていた。この人物についてプーシキンは、イヴァン・ニキーフォロヴィチ・ザルービンを念頭に置いていると思われる。『プガチョーフ反乱史』第三章によれば、プガチョーフ側の幹部の中でもザルービンは秀でており、反乱の当初からプガチョーフと行動を共にし、世話をしていたという。ザルービンは「元帥」と呼ばれていた。

申し上げます、正教の皇帝様。
真実を申し上げます何もかも、何もかも真理を、
おいらの仲間は四人でした。
一人目の仲間は、真っ暗な夜、
二人目の仲間は、はがねの剣、
三人目の仲間は、おいらの駿馬、
四人目の仲間は、しなる弓、
おいらの使者は、鍛えた矢です。
正教の皇帝様は言うだろう、
あっぱれ、屈強な若者、農民の子よ、
よくも盗んだ、よくぞ申した!
屈強な若者よ、お前に与えよう、
草原の真ん中の高い木の館を、
横木つきの二本の柱を。

絞首台にまつわる素朴な民衆の歌が、絞首台を運命づけられた人たちのうたうその歌が、僕にどんな効果をおよぼしたのか、それは語りようもない。彼らの厳しい顔つき、よくそろった歌声、ただでさえ表現豊かな言葉に彼らが加えていた物悲しい表情、これらすべてが、何やら詩的なまでの戦慄を僕に呼び起こしたんだ。

客人たちはもう一杯ずつ飲み干すと、席を立ってプガチョーフに別れの挨拶をした。彼らのあとから出ていこうとしていた僕に、プガチョーフが声をかけた。「座ってくれ、おまえさんと少し話がしたい」僕たちは残って差し向かいになった。

互いに何も言わないまま、数分が過ぎた。プガチョーフは僕をまじまじと見つめながら、ときおり左の目を細め、狡猾さと嘲りの混じった絶妙な表情を浮かべた。とうとう彼は笑い出した。作りものの陽気さではなかったので、それを見ながら僕も、どうしてだか分からないけれど笑い始めた。

「だんな、どうだい？」彼が言った。「びびったろう、正直に言えよ、俺の若い衆たちがおまえさんの首に縄をかけたときにさ？　目の前が真っ暗になったんじゃないか？　おまえさんは横木から吊るされて揺れてたぜ。召使が来なけりゃね。俺にはあの死にぞこないがすぐ分かったよ。でも、だんなは思ってもみなかったろ、おまえさんを草の宿《ウミョート》まで案内した男が、他でもねえ大帝さまだったなんて？（ここで彼は、偉ぶった、秘密めかした態度をとってみせた）おまえさんは俺にとっちゃ大罪人だ」彼は続けた。「だけども、いいこともしたから赦してやった。敵から身を隠さなくちゃならないとき、助けてくれたんだから。これだけじゃねえんだ！　もっと褒美をやる、国を手に入れたらね！　おまえさん、俺に気を入れて仕えるって約束しねえか？」

ペテン師の問いかけと厚かましさがあまりにもおかしくて、僕は笑みを浮かべずにはいられなかった。

「何で笑う？」険しい顔で、彼が僕にたずねた。「それとも、俺が偉大な君主だって信じないのか？　はっきり言えよ」

僕はとまどった。この流れ者を君主と認めるなんて、とてもできない。僕にはそれは、許しがたい小心に思えた。とはいえ、彼を面と向かって詐欺師呼ばわりするのは、これは自分で身を滅ぼすようなものだ。僕が人々の前で、絞首台の下で怒りに任せて言おうとしていたことは、いまや無益な自惚れに思えた。心は揺れていた。プガチョーフは不機嫌そうに答えを待っていた。とうとう（今でもこの瞬間を思い出せば満ち足りた気分になる）、僕の中で義務感が人間の弱さに打ち勝った。プガチョーフにこう答えたんだ。「聞いてくれ、あんたには何もかも真実を言う。考えてみてほしい、あんたを君主だと認められると思うかい？　あんたは頭がいい。僕が猫をかぶっていたら、気がつくはずだ」

「俺はいったい何者なんだ、おまえさんの考えでは？」

「神のみぞ知るさ。だけど、あんたが誰であろうと、あんたは危ない橋を渡っている」

プガチョーフは僕をさっと見た。「ということは、信じねえんだな」彼は言った。「俺が君主ピョートル・フョードロヴィチだって？　まあ、いいさ。でも、打って出たやつの勝ちだろ？　昔はグリーシカ・オトレーピエフ[8]が帝位についたじゃねえか？　どう思おうと勝手だが、俺から離れるな。他人なんか関係ねえ。司祭だって人に変わ

8　偽ドミートリー一世（？～一六〇六）。イヴァン雷帝の息子ドミートリーを自称し、ポーランド貴族やモスクワの反政府貴族たちの支持を得て、一六〇四年にロシア領に侵入した。当時の皇帝であったボリース・ゴドゥノーフの死のあとの混乱もあり、一六〇五年六月にモスクワに入って皇帝となる。だが、ポーランド人を優遇して反感を買い、翌年の反乱で殺された。

りはねえ[9]ってことだ。信じて正直に仕えてくれ。そうすりゃおまえさんを元帥にだって、公爵にだってしてやる。どうだい？」

「無理だ」僕はきっぱり答えた。「僕は生まれながらの貴族だから、女帝陛下に忠誠を誓っている。あんたに仕えることはできない。本当に僕のためを思ってくれるなら、僕をオレンブルグへ行かせてほしい」

プガチョーフは考え込んだ。「行かせるとして」彼は言った。「少なくとも、俺にたてつかねえと約束するか？」

「そんなこと約束できるわけがないだろう？」僕は答えた。「分かっているだろうけど、それを決めるのは僕じゃない。あんたと戦えと命じられれば、戦うまでだ。どうにもならないさ。今、あんたは上に立っているから、部下たちに服従を求めている。僕の働きが必要とされるときに僕がそれを拒否したらどうなる？　僕の首はあんたの手の内にある。行かせてくれるなら礼を言うし、処刑するなら神があんたを裁くだろう。さあ、これであんたに何もかも真実を言ったよ」

僕の率直さが彼の心を動かした。「いいだろう」僕の肩を叩きながら、彼は言った。「処刑するなら処刑する、赦すなら赦す。どこぞなりと行けばいいし、好きなことをすればいい。明日、挨拶しに来い。で、まずは寝るんだな、こっちもうとうとしてきた」

プガチョーフを残して、通りへ出た。夜は静かで、凍てついている。月と星がまばゆく輝き、広場と絞首台を照らしている。要塞の中は、何もかも安らかで、真っ暗。居酒屋にだけあかりが灯り、帰り遅れた遊び人たちのわめき声がこだましていた。僕は司祭の家を眺めた。よろい戸と門は閉まっている。中は静まりかえっているみたいだ。

家に戻ると、サヴェーリイチがいた。僕の姿が見えなくなってやきもきしていたんだ。僕が解放されたと聞いた彼の喜びようは、言い表せないほどだった。「ありがとうございます、神さま!」十字を切って、彼は言った。「夜が明けたら要塞を出ましょう。どこへでも足の向くままに行くんです。料理をこしらえたんですよ。さあ、食べてください。それから、朝までぐっすり寝てください、キリストさまの懐に抱かれてると思って」

9 「勝てば官軍」「誰であっても変わりはない」という意味。

僕は彼のすすめる通りにして、食欲を発揮して夕食をとると、むき出しの床で眠った。身も心も疲れ果てていた。

# 第九章　別離

知り合えて幸せだった、
美しい人よ、僕は君と。
哀しい、離れていくのは哀しい、
哀しい、まるで心と離れるよう。

ヘラスコーフ[1]

朝早く、太鼓の音で起こされた。僕は集合場所へ行った。すでにプガチョーフの軍勢が絞首台のあたりに整列していて、そこにはまだ昨日の犠牲者たちが吊るされている。コサックたちは馬にまたがり、兵隊は銃を持っている。いくつもの旗が翻る。数門の大砲が行軍用の砲架に設置されているけれど、その中には僕たちの大砲もある。住民たちが総出で僭称者を待っていた。司令官の家の玄関先では、キルギス種の美しい白馬の轡《くつわ》をコサックがつかんでいた。僕は目で司令官夫人の死体を探した。少しわきへどけられ、筵《むしろ》がかけられていた。ようやくプガチョーフが軒先から出てきた。人々が帽子を取る。プガチョーフは玄関先で立ち止まって、一同に挨拶をした。幹部の一人が銅貨の詰まった袋を手渡すと、彼は中身をつかんでまき始めた。[2] 人々はそれを拾おうと声を上げて殺到し、けが人まで出る始末だった。プガチョーフを一味のおもだった者たちが囲んでいる。その中にはシヴァーブリンもいる。彼と目が合った。僕のまなざしに軽蔑を読み取ったのだろう、彼は心の底からの悪意と取ってつけたような嘲りを浮かべて顔をそむけた。プガチョーフは人ごみの中に僕を見つけると、うなずいて近くへ呼び寄せた。「よく聞け」彼は僕に言った。「今すぐオレンブルグへ行って、俺が一週間後に行くから待っているように、県知事とすべての将軍たちに伝えるんだ。奴らに忠告しておけ、子どものような親愛の情で、おとなしく言うことを聞いて俺を迎えねばならん、さもないと、むごい処刑は免れんとな。道中ご無事で、だんな！」それから、彼は人々に向かい、シヴァーブリンを指さして言った。「みなのもの、これが新しい指揮官だ。彼の言うことを何でもよく聞くように。お前たちとこの要塞については、彼がわしに責任を負う」これを聞いて僕はぞっとした。シヴァーブリンが要塞の責任者になった。マリヤ・イヴァーノヴナはこの男の意のままだ！　ああ、彼女はどうなる！　プガチョーフが玄関先から下りた。馬が引かれてきた。彼を持ち上げようとしたコサックたちを待たずに、プガチョーフはさっと鞍に飛び乗った。

このとき、群衆の中から、うちのサヴェーリイチが出てくるのが見えた。プガチョーフに近づいて、彼に一枚の紙を渡している。どうなることやら、さっぱり分からない。「何だ、これは？」プガチョーフが威厳たっぷりにたずねた。「お読みになれ

1　ミハイル・ヘラスコーフ（一七三三～一八〇七）の詩「別離」より。

2　プーシキンはビョールダにおいてコサックの女性ブントーヴァから聞き取りをし、「プガチョーフはどこかへ行くと、いつも人々に金を投げ与えていた」と記している。ビョールダはオレンブルグから七キロメートルほど離れた集落。現在では、「ビョールドゥイ」の名が一般的だが、これまで「ビョールダ」や「ビョールダの里（大村）」などとも呼ばれてきた。

ば分かります」サヴェーリイチが答えた。プガチョーフは受け取った紙を、もったいぶって長いこと見ていた。「何ておかしな字を書くんだ?」ようやく彼は言った。「わしの慧眼[3]でも、何も理解できん。書記官長[4]はどこだ?」

伍長の軍服を着た若者がプガチョーフにすばやく駆け寄った。「声に出して読んでくれ」彼に紙を渡しながら僭称者が言った。じいやがプガチョーフにいったい何を書こうと思いついたのか、僕は知りたくてたまらなかった。書記官長は大きな声で、たどたどしくこう読み上げた。

「ガウン二着、キャラコと絹の縞模様、六ルーブル」

「どういうことだ?」顔をしかめてプガチョーフが言った。

「その先を読むようにお命じを」サヴェーリイチは落ち着いて答えた。

書記官長が続ける。

「緑の、薄い、ラシャ生地の軍服、七ルーブル。

白い、ラシャのズボン、五ルーブル。

オランダ亜麻の、カフス付きのシャツ十二枚、十ルーブル。

箱、茶道具入り、二ルーブル半……」

「実にくだらん！」プガチョーフがさえぎった。「箱やらカフス付きのズボンやらが、わしとどんな関係があるのだ？」

サヴェーリイチは咳払いを一つして、説明にかかった。「あなた様がご覧になっているのは、旦那様の財産目録です[5]。盗まれたのです、悪党どもに……」

「悪党どもだと？」脅すようにプガチョーフがたずねた。

「失礼、言い間違えました」サヴェーリイチが答えた。「悪党どもと言いましたが、悪党どもではありません。あなた様のお仲間がひっかき回して、持ち去ったのです。お怒りにならないでください。馬は四本足でもつまずくものです。しまいまで読み上

---

3　それまでのロシアでは、皇帝の目はしばしば「慧眼、澄んだ目」と描写されている。

4　プガチョーフの側近の中には、ヤイーク・コサックのイヴァン・ポチターリン（一七五四～一七九七以降）がいた。コサックの中では読み書きのできる者は多くはなかったが、彼はそのうちの一人であった。

5　プガチョーフの反乱に関連してプーシキンが目を通した資料の中には、ザイーンスクという町がプガチョーフの一味に占領された際、七等文官ブトケーヴィチが宿屋で略奪された物品の目録があった。プーシキンはそれを書き写しているが、それは『プガチョーフ反乱史』の執筆のためではなく、のちの小説（『大尉の娘』）のためであったと指摘されている。

げるようにお命じを」

「しまいまで読んでくれ」プガチョーフは言った。書記官長は続けた。

「更紗の、掛布団、もう一枚、琥珀織の、木綿の掛布団、四ルーブル。

狐皮の外套、赤い、ラチネ織[6]つき、四十ルーブル。

さらに、兎皮の長外套、あなた様のご親切に対して宿屋で差し上げたもの、十五ルーブル」

「よくもまあ！」燃えるような目をぎらつかせて、プガチョーフが叫んだ。

実を言うと、哀れなじいやが心配で僕はひやひやしていた。ふたたび説明を始めようとする彼を、プガチョーフがさえぎった。「お前はこんなささいなことでわしの前にのこのこ出てきたのか？」そう叫んで書記官長から紙をひったくると、サヴェーリイチの顔に叩きつけた。「愚かなじじいめ！　ごっそり持っていかれた。それがどうしたというのだ！　老いぼれ、お前は一生、神に祈らねばならんのだぞ。わしとわしの仲間たちのためにな。お前と、お前の旦那は、わしに背いた奴らとここで一緒に吊るされてはおらんのだからな……。兎皮の長外套だと！　兎皮の長外套をやろうではないか！　お前の生きた皮をはいで長外套をこさえるように命じてもいいのだがな」

「どうぞお好きに」サヴェーリイチが答えた。「ですが、私は仕える身です。主《あるじ》の財産には責任を持たねばなりません」

プガチョーフの太っ腹が発作を起こしたらしい。顔をそむけると、それ以上は何も言わずに出発していった。シヴァーブリンと幹部たちがそれに続く。残りの一味も隊列を組んで出ていく。人々はプガチョーフを見送りに行った。僕は広場で、サヴェーリイチと二人きりになった。じいやは目録を両手に持って、それをとても残念そうに見ている。

僕がプガチョーフとうまくやっているのを見て、彼はそれを利用しようと考えたんだ。けれど、この賢い思いつきは実を結ばなかった。彼の場違いな奮闘ぶりをたしなめようかとも思ったけれど、こらえきれずに笑い出してしまった。「お笑いなさい、坊っちゃん」サヴェーリイチが答えた。「笑いなさい。生活道具を一から揃えなきゃならないんですよ。面白いかどうか、今に分かりますから」

僕はマリヤ・イヴァーノヴナに会うために司祭の家へ急いだ。出迎えてくれた神父

---

6　十八世紀の西欧で人気のあった外套の生地。

の奥さんから、悲しい知らせを聞いた。夜中になって、マリヤ・イヴァーノヴナがひどい熱を出したそうだ。彼女は寝ているけれど、意識ははっきりせず、うわごとを言っているという。奥さんは僕を彼女の部屋へ連れていった。僕はそっと彼女のベッドに近づいた。ひどいやつれ方だ。病人は僕のことが分からない。しばらく彼女の前に立ちつくしていた。ゲラーシム神父とやさしい奥さんは僕を慰めてくれていたようだけれど、二人の言葉は耳に入ってこなかった。いやな予感がして、僕は心配になった。かわいそうな、身寄りのない孤児《みなしご》が悪辣極まりない反徒たちの真っただ中に取り残されたこの状況と、自分自身の無力さとが、僕の心をざわつかせた。シヴァーブリン、何よりもシヴァーブリンが僕の想像を蝕む。僭称者から権力を与えられたあの男が支配する要塞に、不幸な娘は残された。無実とはいえ、彼女はあの男の憎しみの対象だ。あいつは彼女をどうにでもできる。僕にできることは？　どうすれば彼女を助けられる？　悪党の手からどうすれば解き放てるのか？　一つだけ手がある。今すぐオレンブルグへ行こう。ベロゴールスク要塞の解放を促し、自分もできる限りそれに協力するんだ。司祭とアクリーナ・パムフィーロヴナに挨拶をすると、僕はもう自分の妻だと思っているこの人のことを念入りに頼みこんだ。涙に濡れながら、僕はかわいそうな娘の手を取ってキスした。「さようなら」僕を見送りながら、神父の奥さんが言った。「さようなら、ピョートル・アンドレーイチ。きっとまた会えるときが来るわ。私たちのことを忘れないで、手紙をたくさん書いてくださいね。かわいそうなマリヤ・イヴァーノヴナには、あなたの他には、もう慰めてくれる人も、守ってくれる人もいないのですから」

広場に出た僕は、しばらく足を止めて絞首台を見つめた。それからお辞儀をすると、要塞をあとにしてオレンブルグ街道を進んでいった。僕から離れることのない、サヴェーリイチに付き添われて。

考え事をしながら歩いていると、不意に後ろから馬の足音が聞こえてきた。振り返ると、要塞から飛ばしてきたコサックがいる。自分の馬とは別に、バシキール種の馬の手綱をつかんでいて、遠くから合図を送ってくる。足を止めると、すぐにそれが我が軍にいた下士官だと分かった。近づいてきた彼は自分の馬から下りると、もう一頭の手綱を僕に渡しながら言った。「我らが父はあなたに馬一頭と、ご自身が着ていた外套をお与えになります（鞍には羊皮の長外套が括りつけてある）。それから」彼は口ごもりながら付け加えた。「あの方はあなたにお与えになります……半ルーブルを……ですが、私はそれを途中で失くしてしまいました。どうかご寛容ください」彼を疑わしげに見ながら、サヴェーリイチがぶつぶつ言った。「途中で失くしたって！お前さんの懐でジャラジャラいっているのは何だ？　この恥知らず！」「懐でジャラジャラだあ？」悪びれもせずに下士官が返した。「どうかしてんじゃねえか、じいさん！　これは馬の道具が鳴ってんだよ、半ルーブルじゃねえ」「いいよ」僕は言い合いに割って入った。「君を使いによこした人に、僕からのお礼を伝えてくれ。失くした金は帰り路で探してみて、見つかったら飲み代にするといい」「大いに感謝いたします」馬の向きを変えながら彼は答えた。「あなたのことを一生、神様にお祈りします」そう言うと、彼は引き返していった。片方の腕は懐の中だ。そしてすぐに見えなくなった。

僕は長外套を羽織って馬にまたがると、後ろにサヴェーリイチを乗せた。「ほらね、坊っちゃん」じいさんが言った。「おらがペテン師に頭を下げたのも無駄じゃなかったでしょう。あの泥棒め、良心が痛んだんですよ。バシキールのひょろひょろのやせ馬と羊皮の長外套じゃ、あいつらペテン師どもがおらたちから盗んだものや坊っちゃんがおやりになったものの半分の価値にもなりませんけど。それでもまあ役には立ちます。暴れ犬からひと房の毛[7]ってやつですな」

7　諺で「少しでも取れればありがたい」という意味。

# 第十章　町の包囲

草原や山々を手に入れて、彼は
高みから鷲のごとく町を見下ろした。
そして命じた、陣地の裏手に土台を築き、
大砲を隠しておいて、夜には町へ引き出せと。

ヘラスコーフ[1]

オレンブルグが近くなると、足枷をはめられた囚人たちの一団を目にした。頭を剃り上げられ、刑吏たちに焼きごてを押し当てられた顔はとても見られたものではない。

彼らは堡塁の周りで作業しており、それを守備隊の退役軍人たちが監視していた。ある者たちは壕にたまったごみを手押し車で運び出し、別の者たちはシャベルで地面を掘っていた。土塁では石工たちがレンガを運び、町の壁を直していた。門のわきで、僕たちは衛兵たちに止められ、身分証明書の提示を求められた。僕がベロゴールスク要塞から来たと知った軍曹は、まっすぐ将軍の家へ案内してくれた。

将軍は庭にいた。秋の気配にさらされた林檎の木々を点検しながら、年配の庭師の助けを借りて、幹を温かいわらで丁寧にくるんでいく。その面立ちは、穏やかさや健やかさ、人の好さを物語っていた。彼は僕が来たのを喜んで、僕の見てきた恐ろしい出来事について詳しく聞き始めた。僕はすべてを話し、老人は注意深くそれに耳を傾けながら枯れ枝を切り取っていく。「哀れなミローノフ！」悲しい話が終わると、彼は言った。「残念だ。いい将校だった。それにマダム・ミローノフ[2]はいいご婦人で、キノコの塩漬けの名人[3]だったなあ！　それで、マーシャ、大尉の娘はどうなったの

1　ミハイル・ヘラスコーフの叙事詩「ロシアーダ」（一七七九）より。この作品でヘラスコーフは、イヴァン雷帝によるカザン占領を称えている。

2　将軍の言い間違いで、本来は「マダム・ミローノヴァ」とするのが正しい。

だ？」僕は彼女が要塞に残っていて神父の奥さんが面倒を見ていると答えた。「な、なんと！」将軍が言った。「それはまずい、どうにもまずいぞ。悪党どもの規律など全くあてにならん。かわいそうに、あの子はどうなってしまうのだ？」それを受けて僕は、ベロゴールスク要塞まではそう遠くないし、閣下ならば速やかに軍隊を派遣し、かわいそうな住人たちを解放してくれるのでしょうと言った。将軍は判断がつかないといった様子で、首を横に振った。「しばらく様子を見よう、もうしばらく」彼は言った。「この件については、私たちはもう少し検討できるだろう。うちへお茶を飲みに来てくれんかな？　今日は軍事会議[4]があってな。そこで君には、ろくでなしのプガチョーフとあやつの軍隊に関する確実な情報を報告してもらおう。まずはしばらく休みなさい」

　割り当てられた部屋へ行くと、サヴェーリイチがすでにせっせと働いていた。そこで僕は約束の時間を、今か今かと待っていた。これを読んでいる人は容易に想像がつくだろうけれど、自分の運命を左右するに違いないその会議に、僕が参加しないわけがない。約束の時間にはもう将軍の家にいたんだ。

　僕はそこで町の役人の一人に会った。たしか税関局長で、太った、血色のいい老人は金襴のカフタンを着ていた。老人はイヴァン・クジミーチを代父と呼び、彼がどうなったのか、僕に詳しくたずね始めた。僕の話をたびたびさえぎっては、さらに突っ込んで質問をしたり、教訓めいた意見を述べたりする。言葉の端々からは、彼が軍事に精通した者ではないにしても、少なくとも頭の回転の速い、生まれつき利口な人であることが分かる。そうしているうちに、招かれていた他の人たちも集まってきた。将軍を除けば、その中に軍人は一人もいなかった。一同が席に着き、それぞれにお茶が出されると、将軍は状況についてかなり分かりやすく、そして長々と説明した。

「そこで、諸君」彼は続けた。「反徒たちに対して私たちがどのような行動をとるべきか、決定しなければなりません。『打って出る』か、それとも『守りを固める』か？　どちらの方策にも利点と欠点があります。打って出れば、敵を速やかに殲滅できる見込みがより大きくなります。守りを固めれば、より確実で安全……。そこで、法の秩序に則って意見を集めることにしましょう。すなわち、下位のかたからということで

3　将軍は、本来の単語「マステリツァ」（名人）を「マイステリツァ」と言い間違えている。
4　この会議の模様について、プーシキンは、ルイチコーフの『年代記』にある一七七三年十月七日の会議の記述にかなり正確に従って書いている。

すな。少尉補君！」僕に向かって彼は続けた。「貴君の考えを我々に説明してください」

僕は立ち上がると、まずプガチョーフとその一味について手短に述べ、それから、僭称者には正規の軍隊に対抗する術がないと断言した。

僕の考えに役人たちは、あからさまに敵意を示した。若者の軽率さと向こう見ずさを見て取ったんだ。不満の声が上がり、誰かが小声で「乳臭い」と言うのがはっきり聞こえた。将軍は笑顔で僕にこう言った。「少尉補君！　軍事会議の最初の意見とは、たいていは打って出よというものです。これは法の秩序というものです。さて、意見収集を続けましょう。六等官君、貴君の考えをお聞かせください！」

金襴のカフタンの老人は、ラム酒のたっぷり入った三杯目のお茶を急いで飲み干すと、将軍に答えた。「私が思いますには、閣下、打って出るも、守りを固めるもせんでよいのですよ」

「それはいったいどういうことです、六等官君？」驚いた将軍が反論した。「戦術的には他に方策はありませんぞ。守りを固めるか、打って出るか……」

「閣下、買収するのです」

「うーむ！　貴君の考えは実に思慮深い。買収は戦略として許されていますから、それでは、我々は貴君の進言を採用しましょう。ろくでなしの首に報奨金はいくらがよいか……七十ルーブルあたり、あるいは百でも……隠し金から……」

「万が一」税関局長がさえぎった。「泥棒どもが自分たちの首領に手枷足枷をはめて差し出してこなかったなら、私は六等官ではなく、キルギスの羊にでもなりますよ」

「私たちはこの件についてはさらに考え、検討しましょう」将軍が答えた。「しかし、いかなる場合でも、軍事的な手段も取らねばなりません。諸君、法の秩序に則って意見を出していただきたい」

どの意見も、僕の意見には反対だった。役人たちはみな、軍隊はあてにならない、確かな勝算がない、慎重であるべきだ、などと話していた。彼らは、強力な石壁の内側に残って大砲に守られている方が、戦場に出ていって武運を試すよりも思慮深いと思っているんだ。将軍は一同の意見を聴き終えると、パイプから灰を振り落として、最後にこんな話をした。

「諸君！　私は諸君にこう申さねばなりません。私としては、少尉補君の考えに全面的に賛成します。なぜなら、この考えは健全な戦略のあらゆる法則に基づいているからです。健全な戦略とは、守りを固めるよりも打って出るのをたいていは良しとするものです」

ここで彼は話すのをやめて、パイプにタバコを詰め始めた。僕の自尊心は勝利の喜びに酔いしれていた。どうだとばかりに役人たちを見ると、彼らは不満と不安の入り混じった表情を浮かべて耳打ちし合っていた。

「しかし、諸君」タバコの濃い煙を一筋ため息交じりに吐いて、将軍は続けた。「皇帝陛下、女帝陛下によって私に託されましたこの地に危険がおよぶとなれば、かくも大きな責任を私は負いかねます。それゆえ、私は大半の意見、すなわち、町の中にいて包囲されるのを待ち受け、敵の攻撃を砲火を用いて、そして（可能とあらば）出撃して打ち倒すのを最も思慮深く、最も安全だとする意見に賛成する次第です」

今度は役人たちが、嘲るように僕を見た。会議はお開きになった。尊敬すべき軍人が自分の信念を曲げてまで、知識も経験もない人たちの考えに従うというこの弱腰ぶりを、僕は残念に思わずにはいられなかった。

この全く素晴らしい会議から数日後、僕たちは、プガチョーフが約束を守ってオレンブルグに迫ってきていることを知った。町の壁の高みからは反徒たちの軍勢が確認できた。その数は、僕が目撃した前回の強襲のときから、十倍にも増えているようだ。彼らは火器も持っている。プガチョーフがこれまでに征服した小さな要塞で奪い取ってきたんだ。会議の決定を思い出し、オレンブルグの壁の中に長く閉じ込められるかと思うと、僕は悔しくて泣き出しそうだった。

オレンブルグ包囲については書かないでおく。これは家族の覚書というより、歴史に属する事柄だろう。[5] 手短に言うと、当地を管轄する当局の不注意により、住民たちはこの包囲で命の危険にさらされた。飢餓をはじめ、ありとあらゆる災難に見舞われたんだ。オレンブルグの生活が全く耐え難いものだったことは容易に想像がつく。誰もが憂鬱な気持ちで自分たちの運命が決せられるのを待っていた。誰もが物の値段の高さに悲鳴を上げていた。実際のところ、値の上がり方は恐ろしいほどだった。住民たちは壁の向こうから飛んでくる弾丸には慣れっこだったし、プガチョーフの強襲にさえもはや大した興味を示さなかった。僕は退屈のあまり死にそうだった。時が過ぎていく。ベロゴールスク要塞からの手紙を受け取ることはない。どの道も断たれてい

5　オレンブルグ包囲については、『プガチョーフ反乱史』の第三章、四章に詳細が書かれている。

たんだ。マリヤ・イヴァーノヴナと離ればなれでいることに、僕は耐えられなくなっていた。彼女の安否が分からず、どうにかなってしまいそうだった。唯一の気晴らしは乗馬だ。僕には、プガチョーフが好意でくれたいい馬がある。この馬とわずかな食糧を分け合い、毎日町の外へ乗っていっては、プガチョーフ軍の騎兵たちと撃ち合った。この撃ち合いでは、いつも悪党どもに分があった。彼らは腹いっぱい食べて、酔っ払って、すごい馬に乗っている。やせっぽちで町育ちの小さな馬では、太刀打ちできない。ときおり、腹をすかせたこちら側の歩兵が壁の外に出ていったが、彼らは深い雪に阻まれて、分散した騎兵たちにはうまく対峙できない。砲兵隊は土塁の高台からむなしく撃つばかりで、雪原では足を取られるし、馬たちがへばって動けない。僕たちの軍事行動とはこんな有様だ！　そしてこれこそが、オレンブルグの役人たちの言っていた、慎重さだとか思慮深さの正体なんだ！

あるとき、僕たちはかなり密集した軍勢をようやく追い散らした。すると、目の前に逃げ遅れたコサックが現れた。僕がトルコのサーベルで一撃浴びせようとすると、男は帽子を取って叫んだ。「こんにちは、ピョートル・アンドレーイチ！　ご機嫌はいかがです？」

よく見ると、あのコサックの下士官だった。彼に会えて僕は言葉にならないほど嬉しかった。「やあ、マクシームイチ」僕は彼に言った。「ベロゴールスクを出てきたのはずいぶん前か？」

「最近であります、ピョートル・アンドレーイチ。昨日戻ってきたばかりです。あなた宛てのお手紙があります」

「どこにあるんだ？」僕はすっかり上気して声を荒らげた。

「ここです」懐に手を当てて、マクシームイチが答えた。「何としてもあなたに届けると、パラーシャに約束したんですよ」折りたたんだ紙切れを僕に渡すと、すぐさま彼は走り去った。僕は紙切れを開くと、ドキドキしながらこんな文章を読んだ。

「神様は突然、私から父と母をお奪いになりました。この世には肉親も守ってくれる人もいません。あなたがいつも私に良かれと願っていてくれたこと、あなたがどんな人でも助けようとすることを私は知っています。ですので、あなたにおすがりします。神様に祈ります、この手紙がどうにかあなたのもとにたどりつきますように！　マクシームイチは手紙をあなたに届けると約束してくれました。これもマクシームイチからパラーシャが聞いたのですが、彼が出撃した際にあなたをたびたび見かけていて、あなたはご自分の身を少しも大切にせず、あなたのために涙ながらに神様に祈る者たちのことなど考えていないようだとか。私は長いこと患っていました。元気になると、アレクセイ・イヴァーノヴィチが、亡きお父様に代わってこの地を指揮しているあの方が、プガチョーフの威を借りてゲラーシム神父を脅して、無理やり私を差し出させたのです。私は自分の家で、見張られながら暮らしています。アレクセイ・イヴァーノヴィチは私を無理やり自分に嫁《とつ》がせようとしています。あの方は、自分は私の命を救ってやったんだと言います。アクリーナ・パムフィーロヴナが悪党どもに私のことを彼女の姪であるかのように言ったとき、彼女の嘘に目をつぶったのだから、と。アレクセイ・イヴァーノヴィチのような人の妻になるくらいなら、死んだ方がましです。あの方は私につらく当たります。そして、考え直して同意しないなら、私を悪党どもの宿営地に連れていって、リザヴェータ・ハールロヴァ[6]と同じ目に会わせると脅すのです。私はアレクセイ・イヴァーノヴィチに少し考えさせてほしいとお願いしました。彼はあと三日待つと応じてくれました。ただ、三日たって彼に嫁《とつ》がないならば、もうどんな容赦もしないと言うのです。ピョートル・アンドレーイチ！　私を守ってくださるのは、あなた一人だけです。哀れな私の味方になってください。一刻も早くこちらへ援軍を派遣するように、将軍やすべての指揮官たちに頼んでください。そしてできることなら、あなたご自身が来てください。

あなたに従順な、哀れな孤児《みなしご》　マリヤ・ミローノヴァ」

手紙を読み終えて、僕は頭がおかしくなりそうだった。馬には気の毒だけれど情け

6　タチヤーナ・ハールロヴァ（一七五六〜一七七三）。ここで名前がリザヴェータになっているのは、プーシキンが聞き取りをしたコサック女性マトリョーナ・デフチャリョーヴァの記憶違いによるようだ。ハールロヴァはタチーシチェヴァ要塞の司令官エラーギンの娘で、ニージネオジョールナヤ要塞の司令官ハールロフ少佐の妻。タチーシチェヴァ要塞が占領されたときに捕虜となり、プガチョーフの妾となった。『プガチョーフ反乱史』でプーシキンは次のように書いている――「この不幸な女性の美しさに魅せられたプガチョーフは、彼女の七歳の弟を許し、彼女を自分の妾にした」。だが、「プガチョーフは独裁的ではなく」、彼の仲間たちがプガチョーフの「行動をコントロールしていた」。「若いハールロヴァは不幸なことに、僭称者にすっかり気に入られてしまった。プガチョーフはオレンブルグ郊外の宿営地に彼女を留め置いていた。［……］彼女は用心深い悪党たちの疑惑をかきたてた。そしてプガチョーフは彼らの要求を飲み、彼らに妾を引き渡した。ハールロヴァと七歳の弟は射殺された」

容赦なく拍車をかけ、町へすっ飛んで帰った。道々、かわいそうな娘を解き放つ手立てをあれやこれやと考えていたけれど、結局、何も思いつかなかった。町に着くとそのまま将軍の家に向かい、彼の部屋に一目散に駆け込んだ。

将軍は海泡石のパイプをくゆらせながら、部屋の中を行ったり来たりしていた。僕を見て足を止めた。おそらく、その様子に驚いたんだろう。僕が急いでやってきた理由を彼は心配そうにたずねた。「閣下」彼に言った。「実の父と思って、あなたにおすがりします。どうぞ私のお願いを断らないでください。私の人生全体の幸福にかかわることなんです」

「どうしたのだね、君?」びっくりして老人がたずねた。「君のために私に何ができるのだ?　言ってみなさい」

「閣下、私に一中隊とコサック五十名をお貸しください。そして、ベロゴールスク要塞を掃討するために私を行かせてください」

僕をじっと見ていた将軍は、おそらく、僕の頭がおかしくなったと思ったんだろう（それはほとんど間違っていなかった）。

「どういうことだ?　ベロゴールスク要塞を掃討するだと?」ようやく彼が言った。

「成功をお約束します」熱くなって僕は答えた。「行かせていただけるなら」

「いいや、ならんのだよ」首を横に振りながら、彼が言った。「これだけ距離があれば、敵は簡単に君たちと戦略拠点との連絡網を断ち切って、君たちを完全に打ち負かすことができる。断ち切られた連絡網は……」

戦略論に夢中になっている将軍を見て、僕はあわてた。そして、話を急いでさえぎった。「ミローノフ大尉の娘が」僕は言った。「手紙をよこしました。彼女は助けを求めています。シヴァーブリンが無理やり自分に嫁がせようとしているのです」

「本当かね？　おお、このシヴァーブリンという大いかさま師《シェルム》[7]は、ひっ捕らえたなら、二十四時間以内に裁きにかけてやる。それから、要塞の胸壁[8]の上で銃殺だ！　だが、しばらくは辛抱せねば……」

「辛抱なんて！」我を忘れて僕は叫んだ。「こうしているうちにも、あの男はマリヤ・イヴァーノヴナを娶ってしまいます！……」

7　ドイツ語。
8　砲弾をよけるための壁や盛り土。

「おお！」将軍が言い返した。「そう悪いことでもないぞ。あの娘はしばらくシヴァーブリンの妻になっておる方がいい。やつならいま、あの娘を他の者から守れる。それで、やつが銃殺になったら、そのときは神のご加護で、婿さんはいくらでも見つかる。かわいい後家さんはすぐ嫁にいく。つまり、私が言いたいのはだな、後家さんは生娘よりも早く旦那を見つけるということだ」

「それなら私は死を選びます」僕はかっとなって言った。「彼女をシヴァーブリンに譲るぐらいなら！」

「あーあ！」老人が言った。「やっと分かったぞ。君はマリヤ・イヴァーノヴナに惚れとるのだな。おお、そういうことならばなあ！　かわいそうになあ！　だが、やはり私には一中隊とコサック五十名はどうにも貸せんよ。この遠征は思慮を欠くことになろう。私はそれに責任を持てんのだ」

僕はうなだれた。絶望にとらわれていた。すると突然、頭の中にいい考えがひらめいた。それがどんな考えであったか、往年の小説家風に言えば、読者は次章で知ることになる。

# 第十一章　反徒たちの里

生まれつき獰猛なライオンだが、このときは満腹だった。

「どうして私のねぐらにお越しになったのです？」

彼はやさしくたずねた。

A・スマローコフ[1]

将軍を残して、自分の部屋へ急いだ。サヴェーリイチはいつもの教え諭すような調子で僕を出迎えた。「物好きにもほどがありますよ、坊っちゃん。酔っ払いの悪党どもにかかずらって！　貴族のすることですか？　一つ間違えば、無駄死にですよ。トルコ人か、スウェーデン人が相手ならいいですよ。それを何だって、口に出すのも汚らわしいやつらと」

サヴェーリイチをさえぎって、僕にどれだけの金があるかとたずねた。「十分あります」彼は満足そうに答えた。「ペテン師どもがどんなに家探《やさが》ししたって、おらはそれでもうまく隠したんです」そう言うと、彼はポケットから長い編み財布を取り出した。銀貨が詰まっている。「ねえ、サヴェーリイチ」彼に言った。「今、その半分を僕にくれないか。残りはお前が取っていいよ。僕はベロゴールスク要塞へ行く」

「ピョートル・アンドレーイチさま！」気のいいじいやが声を震わせた。「およしなさい。なんで今出ていけますか？　どこもかしこも悪党どもがいて通れませんよ！自分を大切にしないというなら、せめてご両親のことを考えてあげなさい。よりによってあんな場所へ？　どうして？　ほんのちょっと待ってください。じきに軍隊がやってきて、ペテン師たちを一網打尽にします。それから、どこぞなりと好きなところへ行ったらいいじゃないですか」

けれど、僕の決意は揺るがなかった。「考えている暇はないんだ」僕はじいさんに答えた。「行かなきゃならない。行かないわけにはいかないんだ。心配しないでくれよ、サヴェーリイチ。神様は慈悲深い。きっとまた会える！　いいかい、遠慮しないで、けちけちしないで。必要なものは買えばいい、三倍の値段になってもね。この金はお前にあげるから。もし三日たって僕が戻らなかったら……」

「何てことを言うんです、坊っちゃん？」サヴェーリイチがさえぎった。「あなただけを行かせるわけがないでしょう！　そんなこと、寝言でも言いなさるな。あなたが行くと決めたなら、おらは歩いてでもついていきます、あなたを一人にはしません。あなたのいない石壁の中でじっとしてるなんて！　それとも、おらは頭がおかしくなったんですかね？　ご自由にすればいいですが、坊っちゃん、おらはあなたから離れませんから」

1　これらの詩行はスマローコフの作品中には見当たらない。プーシキン自身がスマローコフの寓話の言葉と文体をまねて書いたと思われる。第十三章の題辞でも、クニャジニーンの詩に対する同様の模倣《イミテーション》が見られる。また、ヴィクトル・シクロフスキーは次のように指摘している――「プーシキンの考え出した題辞において、プガチョーフはライオンと重ねられている。プガチョーフ自身が語っている『カルムイクのおとぎ話』では、彼は自身をワシにたとえている。ライオンとワシは、皇帝の力の象徴である」（シクロフスキー『ロシア古典散文に関する覚書』より）

サヴェーリイチと言い合っても無駄だと分かっているから、彼にも旅支度をさせることにした。三十分後、僕は自分の駿馬に、サヴェーリイチは足の悪いやせ馬にまたがっていた。この馬は、町の住人の一人がもう餌をやる金がないからと、ただでサヴェーリイチにくれたんだ。僕たちは町の門までやってきた。衛兵が通してくれた。オレンブルグからの出立だ。

たそがれてきた。僕のとった道は、ビョールダの里[2]という、プガチョーフたちの隠れ家のわきを通っていた。まっすぐ行こうにも、道が雪でふさがっていたんだ。けれど、ステップのいたるところに馬の足跡が残されていて、それは毎日新しくなる。僕は馬を大またの速歩《トロット》[3]で進めていた。サヴェーリイチは遠くからついてくるのがやっとで、ひっきりなしに大声を出す。「もっとゆっくりー、坊っちゃん、お願いします、もう少しゆっくりー！　おらのいまいましいやせっぽちじゃ、あなたの足の長いすばしっこいのにはついていけねえです。そんなに急いでどこへ行くんです？　宴会ならいいですけどね、ひょっとしたらたたき切られに行くようなもんだ……。ピョートル・アンドレーイチ……ピョートル・アンドレーイチさま！　まいったなあ！……。神さま、坊っちゃんが殺されちまいます！」

やがて、ビョールダのあかりがまたたき始めた。僕たちは窪地へ、自然が作り出した里の防衛線へと近づいていく。サヴェーリイチは相変わらず訴えを繰り返しながらも、離れずについてくる。里を無難に迂回できそうだと思ったとたん、薄闇の中から目の前に農夫が五人ばかり現れた。こん棒で武装した彼らは、プガチョーフたちの隠れ家の最前線の見張りだった。僕たちは呼び止められた。合言葉を知らないので黙って通り過ぎようとすると、彼らはすぐに僕を取り囲み、そのうちの一人が僕の馬の手綱をつかんだ。僕はサーベルを引き抜いて、男の頭を一撃した。帽子をかぶっていたので致命傷にはならなかったものの、男はよろめいて、つかんでいた手綱を放した。他の農夫たちはうろたえて、さっと離れた。僕はこの隙をついて、馬に拍車をあてて駆け出した。

近づく夜の暗闇が、僕をあらゆる危険から救い出してくれた。そう思ったのもつかの間、振り向くと、サヴェーリイチがそばにいない。足の悪い馬に乗ったじいさんは

2　第九章注2を参照のこと。
3　駆歩《ギャロップ》と常歩《ウォーク》の間の速度。

気の毒に、賊どもから逃げられなかったんだ。どうしよう? しばらく待ってみて彼が捕まったことを確信した僕は、馬の向きを変えた。じいさんを救出すべく戻っていったんだ。

窪地に近づくにつれ、遠くから聞こえてきたのは、話し声や怒鳴り声と、それにサヴェーリイチの声だった。馬の進みを速めると、僕はすぐにまた農夫たちの中にいた。少し前に僕を呼び止めた見張りだ。サヴェーリイチはこの中にいた。男たちはじいさんをやせ馬から引きずり下ろし、縛り上げようとしていた。僕がやってくると彼らは喜んだ。叫びながら僕に飛びかかると、あっという間に馬から引きずり下ろした。責任者と思われる一人が僕たちに、今から君主のもとへ連行すると告げた。「われらの父上様は」彼は付け加えた。「お心のままに命令される。即刻吊るすか、そうでなければ、神の光差す夜明けを待つかだ」僕は抵抗しなかったし、サヴェーリイチも僕に合わせた。見張りの男たちは意気揚々と僕たちを連れていった。

窪地を越えて里に入った。どの農家にもあかりが灯っている。ざわめきと怒声がいたるところに響く。通りではたくさんの人とすれ違ったけれど、暗闇の中で僕たちに気づく者はなく、僕がオレンブルグの将校だとは誰も分からない。僕たちは十字路の角に立っている農家へまっすぐ連れてこられた。入口のわきにはいくつかの酒樽と、二門の大砲が置いてある。「ここが宮殿だ」農夫たちのうちの一人が言った。「これからお前たちのことを報告してくる」彼は農家に入っていった。僕はサヴェーリイチを見た。じいさんは祈りを唱えながら十字を切っている。長いこと待っていたが、ようやく男が戻ってきて言った。「行け。父上様は将校を中に入れるようにとの仰せだ」

僕は農家に、あるいは男たちが呼ぶところの宮殿に入った。内部は二つの獣脂ろうそくで照らし出され、壁には黄金色の紙が貼られている。ただ、その他は、長椅子、テーブル、吊り下げ式の手洗い器、くぎに掛けた手ぬぐい、隅には鍋をささえる棒、ペチカの前の広めの台に並んだ鍋など、何から何まで普通の農家そのままだ。聖像画の下[4]に座ったプガチョーフは、赤いカフタンを着て背高帽をかぶり、偉そうに手を腰に当てている。彼の周りにはおもだった仲間のうちの何人かが立っていて、わざとらしく媚びへつらっている。どうやらオレンブルグから将校がやってきたという知らせが反乱者たちの好奇心を強くかき立て、彼らは堂々と僕を迎えようと準備していたん

---

4　農家では、この場所が上座となる。

だ。プガチョーフはひと目で僕だと分かった。作り物の偉ぶった態度がすぐに消えた。「ああ、だんな！」彼は活気づいて言った。「調子はどうだ？　何の因果でここへ？」僕は私用で近くを通ったこと、彼の手下たちに止められたことを伝えた。「それで、用事とは？」彼はたずねてきた。どう答えていいか分からなかった。僕が人前で話したくないのを察したプガチョーフは、仲間たちに向かって出ていくよう命じた。その場から動こうとしない二名以外は、みながそれに従った。「こいつらの前では何を話したっていい」プガチョーフが僕に言った。「こいつらには隠し事はしねえんだ」僕は僭称者の寵臣たちを横目で観察した。一人は白いあごひげを短く生やした、よぼよぼで猫背のじいさんで、農民外套の肩からはすかいにかけた空色のひもの他には、これという特徴がない。だが、もう一人については決して忘れないだろう。背が高く、でっぷりとして肩幅が広い。四十五歳ぐらいだろうか。赤いあごひげは豊かで、灰色の目はぎらつき、鼻の孔がつぶれ、額と頬には赤みがかった斑点があり、大きな痘痕面に説明しようのない表情を与えている。赤いルバーシカに、キルギス風のガウンを羽織り、コサックの乗馬ズボンをはいている。一人目は（あとになって分かったことだが）脱走した伍長ベロボロードフ。二人目はアファナーシー・ソコローフ（あだ名はフロプーシャ)[6]で、シベリアの鉱山から三度逃亡した流刑囚だった。僕はかなり浮足立っていたものの、意に沿わず加わったこの集まりに想像力を大いにかき立てられていた。だけど、プガチョーフの問いかけで僕は我に返った。「言え。どんな用でオ

5　イヴァン・ナウーモヴィチ・べロボロードフ(?〜一七七四)。プガチョーフの仲間で、工場で働く農民の息子。精銅所で働いていたが、一七五九年からヴィーボルク砲兵守備隊、その後にオーフタ火薬工場で勤務した。一七六六年に退役。一七七四年一月、プガチョーフの一味に加わり、鉱業労働者からなる部隊を組織した。べロボロードフは一七七四年五月にプガチョーフに初めて会うと有力な側近となり、軍事訓練などを任された。カザン攻撃では重要な役割を果たしたが、その後、皇帝軍に捕らえられ、モスクワで処刑された。ただし、本作におけるビョールダの里でのべロボロードフの描写は、歴史的事実とは異なっている。

6　アファナーシー・ソコローフ(一七一四〜一七七四)。プガチョーフの有力な側近の一人。一七七三年、オレンブルグの牢獄にいたソコローフは、県知事の書いた訓戒書を渡すべくプガチョーフのもとへ派遣された。だが、すぐにプガチョーフ側に寝返り、プガチョーフによって大佐に任ぜられた。『プガチョーフ反乱史』によれば、彼はタチーシチェヴァ要塞付近での敗戦の後、カルガラーに駆けつけて、「妻と息子を救おうとした。タタール人たちが彼を縛り上げ、それを知事に報告した。名立たる懲役囚はオレンブルグに連行され、一七七四年六月に斬首された」という。

レンブルグから出てきた?」

奇妙な考えが頭に浮かんだ。ふたたびプガチョーフに引き合わせた神の摂理が、僕の計画を実行に移す機会を与えてくれたように思えたんだ。この機会を利用することに決めた。そして、いったい何を決めたのか、よく考えもしないままに、プガチョーフの問いかけに答えていた。

「ベロゴールスク要塞へ向かっていたんだ。そこでひどい仕打ちを受けている孤児《みなしご》の娘を助け出すために」

プガチョーフが目を輝かせた。「俺の手下のどいつが、その娘にひどい仕打ちをしてるんだ?」彼が大声で言った。「そいつは知恵が働くんだろうが、俺の裁きからは逃げられん。言え。悪いのはどいつだ?」

「悪いのはシヴァーブリンだ」僕は答えた。「彼はその娘の自由を奪っている。あんたも見ただろう、神父の奥さんのところで患っていた彼女だ。あの男は無理やり結婚しようとしている」

「シヴァーブリンめ、懲らしめてやる」プガチョーフが恐ろしい声で言った。「俺んところで好き勝手をしたり、みんなにひどい仕打ちをしたらどうなるか、思い知らせてやろう。あいつを吊るしてやるぞ」

「ひとこと言わせてもらうが」フロプーシャがしわがれ声で言った。「あんたはシヴァーブリンを急いで要塞の司令官にしたが、今度は、あいつを急いで吊るそうとしている。あんたはすでにコサックたちを侮辱している。貴族をやつらの上官にしたんだからな。訴えが一つ出たからって処刑していたら、今度は貴族たちが怖がるぞ」

「貴族たちを憐れんだり、褒美を与えたりしてはならん！」空色のひものじいさんが言った。「シヴァーブリンを処刑するなど大したことではないが、なぜお出ましになったのかと、この将校殿をしかるべく尋問するのも悪くなかろう。この男があんたを君主だと認めておらんのなら、あんたの裁きを待つまでもない。君主だと認めておるなら、なぜ今日まであんたの仇どもと一緒にオレンブルグにいたのか？　役所へ連れていって、火であぶれと命じたらどうだ？　わしにはこの男が、オレンブルグの指揮官どもからわしらのところへ送り込まれてきたように思えるがな」

年老いた賊の論理には、十分な説得力が感じられる。自分が今誰の手の中にあるのか考えてみたら、体中を悪寒が駆け抜けた。プガチョーフは僕がうろたえているのに気がついた。「どうした、だんな？」目配せをしながら彼が言った。「うちの元帥は核心をついているようだが。おまえはどう思う?」

プガチョーフにからかわれて、元気が戻ってきた。僕はあんたの権力の中にあり、あんたは僕を都合次第でどうにでもできるのだと、落ちついて答えた。

「よかろう」プガチョーフが言った。「それじゃあ、おまえたちの町の様子を教えてくれ」

「おかげさまで」僕は答えた。「すべて順調だ」

「順調だと?」プガチョーフが繰り返した。「みんな腹を空かせて死にかけてるじゃねえか!」

僭称者が言っているのは真実だった。だけど、僕は女帝陛下に宣誓した義務に従って、それは根も葉もないうわさで、オレンブルグには何でも十分な貯えがあると断言しにかかった。

「見てみろ」じいさんが話を引き取った。「この男は面と向かってあんたをだまそうとしておる。脱走してきたやつらがみな一様に言うではないか、オレンブルグは飢餓と疫病がはびこっている、死んだ動物を食べる者までいるが、それでもありがたがっていると。それをこの男は、何でも十分にあるだなどと信じさせせようとしておる。あんたがシヴァーブリンを吊るしたいなら、同じ絞首台にこの若造も吊るすんだな、誰からも不平が出んように」

いまいましい老人の言葉は、プガチョーフの心を揺さぶったようだった。運よく、フロプーシャが仲間に異を唱え出した。「それぐらいにしておけ、ナウームイチ。あんたはとにかく絞めるか、ぶった切るかしたいんだろ。とんだ豪傑だよな？　生きているのがやっとのようだってのに。自分が棺桶に片足を突っ込んでいるのに、他人を殺しちまおうってか。あんたの良心には血が足りないのか？」

「それなら、お前さんはとんだ聖人だ」ベロボロードフが返した。「お前さんのその憐みはどこから湧いてくるんだ？」

「もちろん」フロプーシャが答えた。「俺は罪深い男だし、この腕（彼はごつごつした拳を握り、袖をまくって毛むくじゃらの腕を出した）、この腕のせいでキリスト教徒の血が流れちまった。だがな、俺が殺してきたのは敵だ、客じゃねえ。開けた四つ辻とか、真っ暗な森とかでやったんだ。家ん中、ペチカの前に座ってなんかやらねえ。分銅つきの棒とか斧でやった。女みたいな舌先三寸じゃねえ」

じいさんは顔をそむけて、ぶつぶつ言った。「鼻っかけが！」……。

「何をほざいてやがる、年寄りの死にぞこないが?」フロプーシャが叫んだ。「あんたも鼻っかけにしてやるよ。今に見てろ。神のご加護で、あんたも焼きごての臭いをかぐ番がくる……。まずは俺がそのみじめなあごひげを引きちぎってやる!」

「将軍[7]たち!」プガチョーフが威張って大声を上げた。「喧嘩するのもたいがいにしろ。オレンブルグの犬どもが同じ横木の下に並んで足をぴくぴくさせるのは構わんが、うちの雄犬たちが嚙みつき合うのはかなわん。さあ、仲直りしてくれ」

フロプーシャとベロボロードフは一言も発さず、陰気に見つめ合っている。僕は話題を変える必要を感じた。自分にとって大いに不都合な形で終わってしまいそうだったんだ。プガチョーフに陽気な感じで言った。「ああ! あやうく忘れるところだった。あんたに馬と長外套のお礼を言わなくちゃ。あんたがいなかったら町までたどり着けずに、途中で凍え死んでいただろうから」

作戦は成功した。プガチョーフは陽気になった。「借りは返すもんだぜ」目配せをしたり、目を細めたりしながら彼は言った。「それじゃあひとつ話してくれよ、シヴァーブリンがひどい目に遭わせているっていうその娘とおまえはどうなってる? 若き勇者さんの心に決めた思い人じゃねえのか? ええ、どうなんだい?」

「彼女は僕のいいなずけなんだ」プガチョーフに答えた。事態が好転する兆しがあったし、真実を隠す必要もないと思ったんだ。

「おまえのいいなずけか！」プガチョーフが叫んだ。「どうしてそれを先に言わねえ？　それなら俺らがおまえを結婚させよう。結婚式の宴を開こうじゃねえか！」それからベロボロードフにこう話しかけた。「いいか、元帥！　だんなと俺は古い友だちなんだ。みんなでテーブルを囲んで飯を食おう。朝の方が晩より知恵も出るってもんだ。この人をどうするかは明日考えようや」

　このありがたい誘いを断れれば嬉しかったが、どうしようもない。農家の主人の娘でコサックの若い女二人が、テーブルに白いクロスを掛け、パンと魚のスープ《ウハー》、それにワインやビールの小瓶をいくつか持ってきた。そして、僕はプガチョーフとその恐ろしい仲間たちとともに、ふたたび一つの食卓を囲むことになったんだ。

　思いもよらず居合わせたこのどんちゃん騒ぎは、真夜中まで続いていた。周りの者

7　本来は「ゲネラール」（将軍）という言葉を、プガチョーフは「エネラール」と誤って発音している。当時の、十分な教育を受けていない人々はこのように発音していたという。

たちも、とうとう酔いが回ってきた。プガチョーフは席に座ったまま、うとうとし始めた。仲間たちは立ち上がって、合図を送ってきた。寝かせておけというんだ。彼らとともに外へ出た。フロプーシャの指図で、見張り番が僕を役所に連れていった。そこにはサヴェーリイチもいたんだけれど、僕も一緒に閉じ込められてしまった。じいやはいろんなことを目の当たりにして怖気づいてしまったのか、何もたずねてこない。彼は暗がりで横になると、しばらくハァとかオォとかため息をついていたけれど、やがていびきが聞こえてきた。僕はひたすら考えていて、一晩中、まんじりともできなかった。

朝早く、プガチョーフの使いが呼びに来た。僕は彼のもとへ行った。門のわきには、タタール種の馬を三頭立て《トロイカ》にした幌付き橇が止まっている。通りには人だかりができている。軒先で僕はプガチョーフに会った。外套にキルギス帽という旅装束だ。昨日の宴にいた人たちが彼を取り巻いて、あからさまに媚びへつらう。これは夕べ僕が見た一部始終とは、まるで反対だった。プガチョーフは僕と陽気に挨拶を交わすと、一緒に橇に乗れと言ってきた。

僕たちは席に着いた。「ベロゴールスク要塞へ！」立ったまま三頭立て《トロイカ》の手綱を握る肩幅の広いタタール人にプガチョーフが言った。心臓が強く打ち始める。馬たちが動き出し、鈴が鳴り、橇は飛ぶように滑りだす……。

「止まれ！　止まれえ！」あまりにも聞きなれた声が響いた。サヴェーリイチが、まっしぐらに駆けてくる。プガチョーフは橇を止めるように命じた。「坊っちゃーん、ピョートル・アンドレーイチ！」じいやが叫んだ。「年くったおらを置いていかないでくださいよ、こんなペテン師たちの……」「ああ、老いぼれじじいか！」彼にプガチョーフが言った。「また神さまが引き合わせたんだな。さあ、御者台に座れ」

「ありがとうございます、陛下。ありがとうございます、我が父上様！」腰かけながらサヴェーリイチが言った。「この年寄りにご配慮いただき、私を安心させていただいたあなた様がこの先百年、無事息災であられますよう、神さまにお祈り申します。あなた様のことを生涯、神さまに祈ります。兎皮の長外套についてはこれ以上申しません」

この兎皮の長外套の話は、プガチョーフを今度こそ本気で怒らせかねなかった。だが幸いなことに、僭称者は聞き取れなかったか、あるいは場違いな当てこすりを無視した。馬たちが駆け出した。人々は通りに立ち止まって、腰をかがめて深く頭を下げている。プガチョーフは左へ右へと頷いていく。しばらくして里を抜けた僕たちは、平坦な道を駆けていった。

このとき僕がどう感じていたか、容易に想像がつくだろう。すでに失ってしまったと思っていた女性と、数時間後に僕は会うはずだ。僕たちが一つになる瞬間を思い浮かべていた……。あの男のことも考えていた。僕の運命を握る彼は、状況が奇妙に重なって、密かに僕と結びついている。そして思い出していた。僕の愛する人を助け出そうと買って出てくれた人は、せっかちで情け容赦ない、それに血に飢えている！プガチョーフは彼女がミローノフ大尉の娘だとは知らない。シヴァーブリンは怒りに任せて何もかもばらしてしまうかもしれない。プガチョーフは別の方法で真実を知ってしまうかも……。そうしたら、マリヤ・イヴァーノヴナはどうなってしまうだろう？　体中を寒気が駆け抜けて、身の毛がよだった……。

不意にプガチョーフが僕の思考をさえぎった。こう聞いてきたんだ。

「だんな、いったい何を考え込んでおられたのかな？」

「考え込まずにはいられないんだ」僕は答えた。「僕は将校で貴族だ。昨日はあんたと戦っていたのに、今日はあんたと同じ橇に乗っている。そして、僕の人生全体の幸福があんたにかかっている」

「どうしたんだ？」プガチョーフがたずねた。「怖いのか？」

僕は、すでに一度赦されているけれど、彼の赦しどころか、助けをあてにしているほどなんだと答えた。

「おまえが言うのは正しい、まったくもって正しいよ！」僭称者が言った。「俺の手下たちはおまえを疑ってかかっていたよな。あのじいさんは今日も、おまえがスパイだから、拷問にかけて吊るさねばならんとしつこく言ってきた。だけど、俺はうんとは言わなかった」サヴェーリイチやタタール人には聞こえないように声をひそめて、彼が付け加えた。「覚えてるんだよ、おまえのコップ一杯の酒と、兎皮の長外套を。分かってるよな、俺が吸血鬼なんかじゃねえって。おまえの仲間たちはそう言うけどよ」

僕はベロゴールスク要塞の占領のことを思い出した。だけど、反論する必要はないと思ったから、何も言わなかった。

「オレンブルグで、俺はどう言われてる？」少し黙っていたプガチョーフがたずねた。

「あんたを打ち負かすのは大仕事だって。その通りだ。あんたがそれを見せつけてきたんじゃないか」

僭称者の顔には自尊心がありありと浮き出ていた。「そうだよな！」彼は陽気になって言った。「俺の戦いぶりは立派なもんさ。オレンブルグの連中はユゼーエヴァ村の戦い[8]を知ってるか？ 俺は四十人の将軍を殺して、四つの隊を捕虜にした。どう思う、プロシア王は俺と張り合えるかい？」

賊の自惚れぶりが僕には愉快だった。「あんたは自分ではどう思っているんだ？」彼に言った。「フリードリヒ[9]を倒せると？」

「フョードル・フョードロヴィチ[10]を？ 無理なもんかい？ 俺はおまえらの将軍たちをやっつけてるんだぞ。その将軍たちがあいつをやっつけたんじゃねえか。ここまで、俺の武運は恵まれてた。時間さえあればな、俺がモスクワに行くときにも、そうなるかな」

「モスクワに行くつもりなのか？」

僭称者はしばらく考え込んでから、小声で言った。「神のみぞ知るさ。俺のいく道はせめえから、あんまり自由はきかねえ。手下どもは屁理屈を言う。やつらは泥棒だ。俺は耳をそばだてていなけりゃならねえ。一度下手をうちゃ、やつらは自分の首の代わりに俺の首を差し出すだろうよ」

「そこなんだよ！」僕はプガチョーフに言った。「そうならないうちに、あんたの方がやつらから離れたらいいじゃないか、それで女帝陛下のお慈悲にすがればいいじゃないか？」

プガチョーフは苦笑いした。「だめだあ」彼は答えた。「悔い改めるにはおせえな。俺にはお赦しはねえだろうよ。始めたからには続けるまでさ。分からんぞ。きっと何とかなる、うまくいく！　グリーシカ・オトレーピエフだって、モスクワを治めたんだ」

「あんた、あの男の末路を知っているのか？　窓から放り出されて、切り刻まれて、

8　一七七三年十一月八日に、オレンブルグから百キロメートルほど離れたユゼーエヴァ村の近くで起こった戦いで、プガチョーフ軍がカール将軍の率いる軍に勝利した。一七七三年から一七七五年の農民戦争の中でも最も大きな戦いの一つ。
9　フリードリヒ大王（一七一二〜一七八六）。プロシア王。七年戦争（一七五六〜一七六三）における戦いでは、ロシア軍に敗北を喫している。
10　フリードリヒ大王の父は、フリードリヒ一世で、ロシア風にフリードリヒをフョードルと呼ぶと、フリードリヒ大王の名と父称は、「フョードル・フョードロヴィチ」となる。

焼かれて、燃えかすは大砲に詰めてぶっ放されたんだぞ！」

「いいか」プガチョーフは粗削りの霊感のようなものを働かせて言った。「おまえにおとぎ話を聞かせてやろう。ガキのころに、カルムイク人のばあさんが話してくれたんだ。ある日、ワシがカラスにこうたずねた。『教えてくれよ、カラスさん、あんたはどうしてこの世に三百年も生きてんだ？　俺はたったの三十三年だ』『それはね、ワシさん』ワタリガラスが答えた。『お前さんが生き血を飲んでいるからさ。わしは死んだのを食っておるからな』ワシはこう考えた。『同じものを食ってみることにしようや』『よかろう』ワシとカラスは飛んでいった。死んだ馬が見えてきたから、おりていってとまった。カラスはついばんではうまいうまいと言い始めた。ワシは一口、もう一口、それから翼を振ってカラスに言ったとさ。『だめだ、カラスさん。死体を食って三百年生きるよりは、一度でも生き血をたっぷり飲む方がましだ。あとは神さまの御心次第さ！』どうだい、カルムイクのおとぎ話は？」

「よくできている」僕は彼に答えた。「だけど、人を殺したり、物を盗ったりしながら生きていくのは、僕に言わせれば、死んだ動物をついばむのと同じだ」

プガチョーフは驚いたように僕を見ていたが、何も答えなかった。二人とも黙り込んで、それぞれにじっくり考えていたんだ。タタール人は物悲しい歌をうたい出した。サヴェーリイチはまどろみながら、御者台で揺られている。平坦な冬の道を、橇が飛んでいく……。不意にヤイーク川の険しい岸に小さな村が見えた。柵があって、鐘楼があった。それから十五分ほどして、僕たちはベロゴールスク要塞に入っていった。

# 第十二章　孤児《みなしご》

私たちの林檎の木には
梢もなければ若芽もない。
私たちの花嫁には
父もなければ母もない。
支度してやる者がない、
祝福してやる者もない。

婚礼の歌[1]

幌付きの橇が司令官の家の玄関先につけられた。プガチョーフの鈴の音を聞きつけた人々が、僕たちのあとを群れをなして走っていた。シヴァーブリンは僭称者を玄関先で出迎えた。コサック風の衣装を着て、あごひげを伸ばしている。この裏切者はプガチョーフが橇から出るのを手伝った。喜びや好意を示す言葉が卑しい。僕を見て彼はうろたえた。それでもすぐに気を取り直すと、僕に手を差し伸べて言った。「君も仲間になったのか？　もっと早くそうすればよかったのに！」僕はそっぽを向いて、何も答えなかった。

長く慣れ親しんだ部屋に入った。壁には、今は亡き司令官の任命状が、過ぎ去った時間の悲しい墓碑銘のようにかかっている。心がうずいてきた。プガチョーフの腰かけているソファではかつて、イヴァン・クジミーチが、奥さんのぶつぶつ言うのを子守歌にしてまどろんでいたんだ。シヴァーブリンが自分でウォッカを運んできた。グラス一杯を飲み干したプガチョーフは、僕を指さして言った。「この人にも注いでくれ」シヴァーブリンはお盆を持って近づいてきた。だが、僕はもう一度そっぽを向い

1　プーシキンは以前に書きつけた婚礼の歌をもとに作り変えている。

た。彼は落ち着きを失っている。常日頃から察しのいい彼のことだから、プガチョーフが自分に不満を抱いているのにもちろん気づいている。彼はプガチョーフの前ではびくびくしているが、僕には訝しそうな眼差しを送ってくる。プガチョーフは要塞の現況と敵軍に関する噂などに耳を傾けていたが、だしぬけに彼にたずねた。「なあ兄弟、貴様が監禁しているというのは、どんな娘だ？　見せてくれないか」

シヴァーブリンは死人のように青ざめた。「陛下」声が震えている……。「陛下、監禁などしてはいません……。彼女は病気なのです……。奥の部屋で寝ています」

「娘のところへ連れていけ」席を立ちながら僭称者が言った。言い逃れはできない。シヴァーブリンはプガチョーフをマリヤ・イヴァーノヴナの部屋へ連れていく。僕はそのあとをついていった。

シヴァーブリンが階段で足を止めた。「陛下！」彼は言った。「陛下は何なりと私にお申し付けください。ですが、部外者を私の妻の寝室に入れないでください」

僕は抑えが利かなくなった。「じゃあ、結婚したのか？」シヴァーブリンを引き裂かんばかりの勢いで言った。

「静かに！」プガチョーフが割って入った。「それはわしの仕事だ。それから貴様は」シヴァーブリンに向かって彼は続けた。「屁理屈を言うな。偉そうにするな。貴様の妻であろうがなかろうが、その娘のもとへ誰を連れていくかはわしが決める。さあ、だんなはあとからついてくるがいい」

部屋の扉の手前で、シヴァーブリンはふたたび足を止めて、途切れがちの声で言った。「陛下、初めに申しておきますが、彼女は錯乱していて、もう三日もうわごとを言い続けています」

「開けろ！」プガチョーフが言った。

ポケットを探り始めたシヴァーブリンが、鍵を持ってこなかったと言った。プガチョーフが扉を足で押すと、錠前が外れた。扉が開いて、僕たちは中へ入った。

その光景に心臓が止まりそうだった。床に、ぼろぼろの農民の服を着て、マリヤ・イヴァーノヴナが座っていたんだ。青白く、やせて、髪はぼさぼさだ。彼女の前には水差しがあって、その上に一切れのパンがのっていた。僕を見ると、彼女は身を震わせて叫んだ。そのとき自分がどうしたか、僕は覚えていない。

プガチョーフはシヴァーブリンを見て、苦笑しながら言った。「なかなかいい病院だなあ！」それからマリヤ・イヴァーノヴナに近寄ってこう言った。「教えておくれ、お嬢さん。あんたの夫はどうしてあんたを懲らしめてるんだ？　何か悪さをしたのか？」

「私の夫！」彼女はおうむ返しに言った。「この人は私の夫ではありません。この人の妻には決してなりません！　死ぬ方がましだと決めていましたし、ここから出してもらえないなら死にます」

プガチョーフは恐ろしい形相でシヴァーブリンをにらんだ。「貴様はよくもわしをだましたな！」プガチョーフは彼に言った。「ろくでなしめ、どうなるか分かっているだろうな？」

シヴァーブリンはひざまずいた……。このとき僕の中では、憎しみや怒りといったあらゆる感情を軽蔑がかき消していた。逃亡したコサックの足元にはいつくばる貴族を見るのが不快でならなかった。プガチョーフは態度を和らげた。「今回は貴様を許してやる」彼はシヴァーブリンに言った。「だが次回は、貴様はこれも思い出すことになるぞ、肝に銘じておけ」それからマリヤ・イヴァーノヴナに優しく言った。「出ておいで、別嬪さん。あんたは自由だ。わしは君主なんだ」

マリヤ・イヴァーノヴナはさっと彼を見て気づいたんだ、目の前にいるこの男が両親を殺したのだと。彼女は顔を両手でおおうと、気を失って倒れた。僕は彼女のそばに駆けつけたが、そのとき馴染みのパラーシャが勇ましく部屋に入ってきて、彼女を介抱し始めた。プガチョーフが部屋から出た。それから僕たちは三人で客間へ行った。

「だんな、どうだい？」プガチョーフはにこやかに言った。「別嬪さんを救い出したぞ！　神父を呼びにやらせて[2]、やつに姪の結婚式を挙げさせたらどうだ？　それなら、俺は父親代わりを務めよう。シヴァーブリンは付添い人だ。さあ食おう、じゃんじゃん飲もう、門を閉めるぞ！」

恐れていたことが起こった。プガチョーフの提案を聞いたシヴァーブリンは有頂天だ。「陛下！」彼は夢中になって叫んだ。「申し訳ありません。私は偽りを申しました。ですが、グリニョーフもあなたを欺いております。彼女はここの神父の姪などではありません。イヴァン・ミローノフ、本要塞を占領した際に処刑したあの男の娘なのです」

プガチョーフが燃えるような眼差しを向けてきた。「これはまたどういうことだ？」

2　第二章注5を参照のこと。

わけが分からずに、彼はたずねた。

「シヴァーブリンがあんたに言ったことは本当だ」僕はきっぱりと答えた。

「おまえはそうは言わなかったぞ」プガチョーフの顔が曇った。

「考えてもみてほしい」僕は答えた。「あんたの手下たちの前で、ミローノフの娘が生きているなんて言えるか？　やつらは彼女をただじゃおかないだろう。彼女は絶対に助けられなかった！」

「そりゃまあ、そうだな」プガチョーフが笑って言った。「うちの酔っ払いたちはかわいそうなあの子に容赦しねえだろうな。あの神父のかみさんはあいつらをだまくらかしたのか、うまくやったたな」

「聞いてくれ」プガチョーフがまんざらでもなさそうなので、僕は続けた。「あんたをどう呼んだらいいのか、知らないし、まあ知りたくもない……。だけど、神は見ている。あんたが僕にしてくれたことの代償に、僕は喜んであんたに命を差し出す。僕の名誉とキリスト教の良心に反しない限りは何でもする。あんたは僕の恩人だ。始めたからには最後まで頼むよ。僕とかわいそうな孤児《みなしご》を一緒に行かせてくれないか、神が道をお示しになるところへ。あんたがどこにいても、あんたに何があっても、僕たちは毎日神に祈るよ、あんたの罪深い魂が救われるように……」

どうやら、さすがのプガチョーフも心を打たれたようだ。「しょうがねえ、おまえの好きなようにしろ！」彼は言った。「処刑するなら処刑する、赦すなら赦す。それが俺のやり方だ。おまえの別嬪さんを連れていけ。それでどこへでも好きなところへ行っちまえ。おまえたちに神さまが愛と調和をくださるだろう！」

今度はシヴァーブリンに向かって、制圧下の監視小屋や要塞すべての通行許可証を僕に与えるように命じた。シヴァーブリンはすっかり打ちのめされ、棒のように立ちつくしている。プガチョーフは要塞を視察しに出ていった。シヴァーブリンはついていったが、僕は出発の準備があるからと言って、その場に残った。

奥の部屋へ急いだ。扉は閉まっている。ノックをした。「どなたです？」パラーシャがたずねた。僕だと言った。マリヤ・イヴァーノヴナの愛おしい声が、扉の向こうから聞こえてくる。「ちょっと待ってください、ピョートル・アンドレーイチ。着替えているんです。アクリーナ・パムフィーロヴナのところにいてください。すぐに行きます」

彼女の言う通りに僕はゲラーシム神父の家に行った。神父も奥さんも走り出てきた。

サヴェーリイチが前もって知らせていたんだ。「こんにちは、ピョートル・アンドレーイチ」神父の奥さんが言った。「神様がまた会わせてくださいましたね。いかがお過ごしですか？　私たちはあなたのことを毎日思っていましたよ。マリヤ・イヴァーノヴナは、あなたがいなくてそれはもうひどい目にあっていました、かわいそうに！……。そう、あなたはプガチョーフと仲良くなったんですね！　どうして殺されなかったんです？　まあいいでしょう。これは賊に感謝しましょう」「もういい、ばあさん」ゲラーシム神父が口を挟んだ。「自分の知っていることを何でもかんでも話すもんじゃない。おしゃべりが過ぎると救われんぞ。ピョートル・アンドレーイチ！　入ってください、さあどうぞ。本当にお久しぶりですなあ」

神父の奥さんはありあわせのもので僕をもてなしてくれた。彼女はその間もずっとしゃべりっ放しだった。シヴァーブリンがマリヤ・イヴァーノヴナを自分に嫁がせるためにどうやって彼らに無理強いしたとか、マリヤ・イヴァーノヴナが彼らと別れるのがいやで泣いていたとか、マリヤ・イヴァーノヴナと彼女はパラーシカ（この娘は機転が利いて、下士官を言いなりにしていたんだ）を通じていつも連絡を取っていたとか、彼女がマリヤ・イヴァーノヴナに僕に宛てて手紙を書くように助言したとか、その他にもいろいろと話してくれた。僕から彼女には、手短に自分の話をした。神父と奥さんは、彼らの嘘がプガチョーフにばれたと聞いて十字を切った。「十字の力をお与えください！」アクリーナ・パムフィーロヴナが言った。「神様、黒雲を払いのけてください。それにしても、アレクセイ・イヴァーヌイチときたら、開いた口がふさがらないわ。大した人だわね！」まさにそのとき、扉が開いて、マリヤ・イヴァーノヴナが青白い顔に微笑みを浮かべて入ってきた。彼女は農民の服を脱いで、以前のようなつつましやかで感じのいい格好をしていた。

僕は彼女の手をつかんだきり、しばらくは一言も発せられずにいた。二人とも胸がいっぱいで、黙っていた。家の主たちは自分たちがお呼びでないのを察すると、僕たちを残して出ていった。二人きりだ。これまでのことは何もかも忘れた。僕たちはいつまで話しても話し足りなかった。マリヤ・イヴァーノヴナは要塞の占領のあとで彼女の身に起きたことのすべてを語った。彼女が置かれた恐ろしい状況のすべてを、卑劣なシヴァーブリンが彼女に与えた試練のすべてを聞かせてくれた。僕たちはかつての幸福な時間も思い出していた……。二人とも泣いていた……。最後に僕は、自分からの提案を彼女に説明し始めた。プガチョーフの支配下にあり、シヴァーブリンが取り仕切っている要塞に彼女が残ることは、あり得なかった。包囲されてあらゆる困難にさらされているオレンブルグも考えられない。彼女にはこの世に肉親は一人もいない。僕は彼女に、僕の両親のいる村へ行くように持ちかけた。彼女は最初、迷っていた。父さんが彼女を良く思っていないのを知っていたから、怖かったんだ。僕は彼女を安心させた。祖国のために亡くなった名誉ある軍人の娘を引き受けることを、父さんが幸いと感じ、また自分の義務だと考えるのが、僕には分かっていたんだ。「愛しいマリヤ・イヴァーノヴナ！」最後に言った。「僕は君を妻だと思っている。奇跡のようなめぐり合わせで、僕たちは離れずに一つになったんだ。この世に僕たちを分かつものは何もない」

マリヤ・イヴァーノヴナは僕の話に素直に耳を傾けていた、わざとはにかんだりせず、余計な言い訳もせずに。彼女は自分の運命が僕の運命と一つになったのだと感じていた。それでも彼女が繰り返したのは、僕の両親の了解が得られない限りは妻にはならないということだった。僕はそれに反対しなかった。僕たちは熱い、心のこもったキスを交わした。こうして僕たちの間ですべてが決まった。

一時間後、コサックの下士官が僕に通行許可証を持ってきた。プガチョーフの下手くそな署名がある。そして、彼の使いが僕を呼びに来た。プガチョーフは出発しようとしていた。彼との別れ際に、僕以外のすべての人たちにとって恐ろしい人間で、残忍な奴で、悪党である彼との別れ際に、僕が何を感じていたか、それは説明できない。なぜ真実を語ってはいけないんだ？　このとき、僕は心から同情していた。どうにかして悪党どもの集まりからそれを率いている彼自身を引っぱり出して、まだ時間のあるうちにその命を救いたかった。シヴァーブリンがいたし、それにたくさんの人が僕たちの周りに群がっていたから、心の中に詰まっていた思いのたけのすべては伝えられなかった。

僕たちは友人のように別れた。プガチョーフは人ごみの中にアクリーナ・パムフィーロヴナを見つけると、指を立てて脅し、意味ありげに目配せをした。それから幌付きの橇に乗り込み、ビョールダへ行けと言った。馬たちが動き始めたそのとき、彼は橇からもう一度身を乗り出して、僕にこう叫んだ。「さよなら、だんな！　またいつか会おうな」たしかに僕は彼と会うことになる。だけど、それはとんでもない状況の中だったんだ！……。

プガチョーフは行ってしまった。彼の三頭立て《トロイカ》が疾走する真っ白なステップをずっと見ていた。みなばらばらに戻っていく。シヴァーブリンの姿はない。僕は司祭の家に引き返した。出発の手はずが整っている。これ以上、ぐずぐずしたくはない。家財道具はすべて司令官用の古い馬車に積み込んである。御者たちがすばやく馬をつけた。マリヤ・イヴァーノヴナは教会の裏に葬られた両親のもとへ、別れの挨拶をしに行った。僕はついていこうとしたけれど、彼女は一人で行きたいという。数分後に彼女が戻ってきた。黙って、静かな涙に濡れている。馬車の準備は万端だ。ゲラーシム神父と奥さんが玄関先へ出てきた。僕たちは三人で橇に乗り込む。マリヤ・イヴァーノヴナとパラーシャ、それに僕。サヴェーリイチは御者台によじ登る。「さようなら、マリヤ・イヴァーノヴナ、私のかわいい人よ！　ごきげんよう、ピョートル・アンドレーイチ、麗しい勇者さん！」気のいい奥さんが言った。「道中御無事でね。神様がお二人を幸せにしてくれますように！」僕たちは出発した。司令官の家の小窓に、シヴァーブリンの姿があった。その顔には暗い悪意が表れている。打ちのめされた敵に対して勝ち誇るつもりはなかったから、僕は視線を別の方へ移した。とうとう僕たちは門を出た。ベロゴールスク要塞を永遠にあとにしたんだ。

# 第十三章　逮捕

怒らないでください、旦那様。職務上
今、私はあなたを牢獄へ送らねばなりません。
そうするがいい。準備はできている。だが、願わくば、
まずは事の次第を説明させてくれぬか。

クニャジニーン[1]

愛おしい女性とこうして思いもかけず一つになれた。朝には彼女のことが気がかりで仕方がなかったというのに。僕は自分自身が信じられず、これまで起こってきたこ

とは何もかも空しい夢なのだと思い込んでいた。マリヤ・イヴァーノヴナは物思いにふけりながら、ときには僕を、ときには道を眺めたりしている。まだ冷静さを取り戻せず、正気に返っていないようだ。僕たちは黙っていた。僕たちの心はあまりにも疲れていたんだ。気がつけば二時間ほどたっていて、僕たちは近くの要塞にいた。この要塞もやはりプガチョーフの支配下にある。ここで馬を替えた。馬をつける手際の良さや、プガチョーフによって司令官に任命されたあごひげのコサックのあわただしい世話の焼き具合から分かってきたのは、僕たちを乗せてきたおしゃべりな御者のおかげで、僕はプガチョーフの寵臣として扱われているということだ。

僕たちはさらに先へと出発した。たそがれてくる。町《ゴロドーク》へ近づいている。あごひげの司令官によれば、ここには強力な部隊がいて、僭称者に合流しようとしているという。衛兵たちに止められた。「誰が乗っているのか?」という問いかけに、御者は大声でこう答えた。「陛下のご友人とその奥方でさあ」いきなり軽騎兵の一団が僕たちを取り囲み、恐ろしい勢いで罵り始めた。「出てこい、悪魔の友人め!」口ひげを生やした騎兵曹長が言ってきた。「たっぷり絞ってやる、貴様の奥方もだ!」

僕は幌付き橇から出て、責任者のもとへ連れていくように求めた。将校だと分かると、兵隊たちは罵るのをやめた。騎兵曹長は僕を少佐のもとへ連れていった。サヴェーリイチは僕から離れずに、ぶつぶつ独り言を言っている。「とんだ陛下のご友人だ！　火の次は炎[2]……。神さま！　いったいどうなっちまうんだか？」　橇は並足で僕たちのあとに続いた。

五分ほどして、まばゆく照らし出された小さな家にやってきた。騎兵曹長は衛兵に僕を預けて、僕のことを報告しに行った。すぐに戻ってきた彼の説明によると、少佐殿は僕に会う時間はなく、僕を牢に入れ、奥方を自分のもとへ連れてくるように命じたという。

「それはどういうことだ？」僕はかっとなって叫んだ。「そいつは頭がおかしいのか？」

「私には分かりかねます」騎兵曹長が答えた。「ただ少佐殿は貴殿を牢に入れ、奥方をご自分のもとへ連れてくるようにと命じられたのであります！」

---

1　この題辞のテキストは、クニャジニーンの著作の中には見つかっていない。草稿にはそれぞれの行や言葉について、プーシキンが記憶を頼りにテキストを再現していた明白な痕跡がある。

2　「一難去ってまた一難」という意味。

玄関先へ突進した。衛兵たちは押しとどめようとはせず、僕はそのまま部屋へ駆け込んだ。そこには軽騎兵の将校が六人ばかり、銀行遊び《バンク》[3]に興じていた。少佐がカードを配っている。驚いたのなんの、それはイヴァン・イヴァーノヴィチ・ズーリン、かつてシムビールスクの旅籠で僕から金を巻き上げた、あの男だったんだ！

「ひょっとして？」僕は叫んだ。「イヴァン・イヴァーヌイチ！[4] あんたなのか？」

「いやあ、ピョートル・アンドレーイチじゃないか！　何という運命だ？　どこから来た？　元気か、兄弟？　カードをやらないか？」

「ありがとう。それよりも、僕に部屋を割り当てるように命じてくれないか？」

「君に部屋を？　俺のところにいればいいさ」

「そうはいかない。僕は一人じゃないんだ」

「それなら、お仲間もどうぞ」

「仲間じゃない。僕はその……ご婦人と一緒なんだ」

「ご婦人だって！　どこでかっぱらってきた？　やるなあ、兄弟！」（そう言うとズーリンは意味ありげに口笛を吹いて、みんなが笑い出した。僕はすっかりうろたえてしまった）

「それなら」ズーリンは続けた。「まあよかろう。君に部屋をやろう。だが、残念だ……。昔のように飲み交わしたかったんだがなあ……。おい！ そこの若いの！ プガチョーフのご友人の奥方をどうしてここに連れてこないのだ？ それとも彼女は強情っぱりなのか？ 怖がらなくていいと伝えてくれ。少佐殿は素晴らしい人だから、決して悪いようにはしないとな。しっかり首根っこをつかんでくるのだぞ」

「あんたは何を言っているんだ？」僕はズーリンに言った。「プガチョーフのご友人の奥方だと？ 彼女は亡きミローノフ大尉の娘だぞ。囚われていた彼女を助け出して、これから僕の父さんの村まで送っていくところなんだ。彼女を預けてくるんだよ」

「そうなのか！ 報告を受けたのは君のことだったのか？ いやはや！ どうなっているのだ？」

「あとで何もかも話すよ。だから今は、かわいそうな彼女を安心させてやってくれないか。あんたの軽騎兵たちにすっかりおどかされたんだ」

3 トランプの賭け勝負の一つ。
4 第三章注7を参照のこと。

ズーリンはすぐに指示を出した。自分から外へ出て、事の次第を心ならずも理解できていなかったと、マリヤ・イヴァーノヴナに詫びた。そして、騎兵曹長にはこの町で一番いい部屋を彼女に割り当てるように命じた。僕はズーリンのところに残って泊まることにした。

夕食を終えて、二人になると、僕は彼に自分の冒険譚を語った。ズーリンはそれをかなり注意深く聞いていた。僕が話し終えると、彼は首を振ってこう言った。「兄弟、何もかも素晴らしい。だが、一つだけけしからん。どうして君は魔が差して、結婚なんぞすることになったのだ？　俺は誠実な将校だから、君をだます気はない。俺を信じろ、結婚なんてあほらしい。いったいなぜ奥さんに振り回されたり、子どもたちをあやしたりしなければならんのだ？　いや、やめておけ。俺の言うことを聞け。大尉の娘とは手を切るのだ。シムビールスクへの道は俺がきれいさっぱり片づけたから、危なくはない。君の両親のもとへは明日、彼女一人で行かせて、君は俺の部隊に残るのだ。オレンブルグに戻ったって意味がない。反徒たちにまた捕まったら、今度こそ逃れられんだろう。俺の言う通りにすれば、愛などという馬鹿げた考えはおのずと消える。それで万事うまく収まる」

彼の意見に必ずしも賛成したわけではないけれど、僕は名誉にかけて女帝陛下の軍隊に加わる必要を感じていた。ズーリンのすすめに従って、マリヤ・イヴァーノヴナを村へ送り、僕自身は彼の部隊に残ることにしたんだ。

サヴェーリイチが僕を着替えさせにやってきた。彼には、明日マリヤ・イヴァーノヴナと一緒に出ていく支度をしておくように伝えた。彼はすんなりと聞き入れてはくれない。「何をおっしゃいます、坊っちゃん？　どうしておらがあなたを置いていけますか？　あなたのお世話は誰がするんです？　ご両親に何て言えばいいんです？」

じいやの頑固ぶりを承知している僕は、優しく、真心を込めて説き伏せにかかった。「僕の友だち、アルヒープ・サヴェーリイチ！」彼に言った。「断らないで、お願いだよ。ここでは召使は要らないんだ。それに、もしもマリヤ・イヴァーノヴナがお前抜きで出発するとしたら、僕は心配でならないよ。彼女に仕えるということは、それはね、お前は僕にも仕えているということだよ。だって、僕は固く心に決めたんだからね、じきに状況が良くなったら、彼女と結婚するって」

すると、サヴェーリイチは、書きようもないくらいに驚いた様子で両手を打ち合わせた。「結婚する！」彼は繰り返した。「坊っちゃんが結婚を望んでいらっしゃる！

お父様は何とおっしゃるでしょうな、お母様はどうお思いになるでしょう?」

「賛成してくれる、きっと賛成してくれるよ」僕は答えた。「マリヤ・イヴァーノヴナの人柄を知ってくれたらね。僕はお前も頼りにしているんだよ。父さんと母さんはお前を信用しているから。うまくとりなしてくれないか? どうかな?」

じいさんは感じ入っていた。「おお、我がピョートル・アンドレーイチさま!」彼は答えた。「結婚を考えるのは少し早いですが、でも、マリヤ・イヴァーノヴナは素晴らしい令嬢ですから、この機会を逃すのは罪ってもんです。いいでしょう、お望みの通りに! あの天使のようなおかたをお送りしていきましょう。それで、従僕としてご両親に報告します、これほどの花嫁には持参金などご不要ですと」

僕はサヴェーリイチに礼を言い、それからズーリンと同じ部屋で寝ることにした。僕は興奮して熱くなり、しゃべるのに夢中だった。ズーリンは最初のうちは面白がって僕と話していた。けれど、だんだん言葉数が少なくなり、脈絡がなくなり、とうとう、こっちがたずねたことへの返事の代わりに、いびきや寝息が聞こえてきた。僕は口をつぐんで、やがて彼のお手本に倣った。

あくる日の朝、マリヤ・イヴァーノヴナのところへ行った。僕は彼女に提案した。

彼女はそれが理にかなっていると言って、その場で賛成してくれた。ズーリンの部隊はこの日に町から出立しなければならなかった。ぐずぐずしてはいられない。マリヤ・イヴァーノヴナには両親宛ての手紙を渡して、サヴェーリイチに彼女を託すと、その場で別れを告げた。マリヤ・イヴァーノヴナは泣き出した。「さようなら、ピョートル・アンドレーイチ！」小さな声で彼女が言った。「もう一度お会いできるかどうか、神様だけがご存知です。でも、あなたのことは生涯、忘れません。お墓に入るまで、私の心の中にはあなただけがいらっしゃるでしょう」僕は何も言えなかった。人々が僕たちを囲んでいる。彼らの前で、湧き上がる感情に身を任せたくはなかったんだ。とうとう彼女は行ってしまった。僕は悲しみに暮れて無言のまま、ズーリンのもとへ戻った。彼は僕を元気づけたかったし、僕は気を紛らわせようとしていた。昼の残りはどんちゃん騒ぎをして、晩には行軍を開始したんだ。

それは二月の終わりのことだった。軍事行動を困難にしていた冬が過ぎつつあって、味方の将軍たちは合同作戦の準備をしていた。プガチョーフはまだオレンブルグ近郊にとどまっていた。その間にも、彼を取り囲むようにこちらの部隊が集結してきて、悪の巣穴へ四方から迫っている。反乱を起こした村々は、こちらの軍隊を目にして帰順してきている。賊の一味はいたるところで退却していて、こうしたことすべてが、事態はそう遠くないうちに無事収束することを予見させていた。

やがて、ゴリーツィン公爵がタチーシチェヴァ要塞の近くでプガチョーフを倒して、彼の軍勢を追い散らし、[5]オレンブルグを解放した。反乱に決定的なとどめの一撃が加えられたようだった。この頃、ズーリンは謀反を起こしたバシキール人の一味に対抗すべく派遣されたけれど、バシキール人たちは僕たちが見つける前には散り散りになっていた。春が僕たちをタタールの小さな村で足止めにした。川が氾濫して、道が通れないんだ。何もすることがない僕たちは、悪党どもや未開の民とのつまらない、とるに足らない戦争がもうじき終わると考えながら、ふさぐ気持ちを晴らしていた。

しかし、プガチョーフは捕まらなかった。シベリアの工場地帯に姿を現すと、彼はそこで新たに徒党を組み、ふたたび悪事を働き始めた。彼がうまくやっているという噂がふたたび広まった。僕たちはシベリアのいくつかの要塞が破壊されたのを知った。時をおかず、僭称者がカザン[6]を占領し、モスクワへ向けて進軍中であるという一報が入り、軍隊の上層部をあわてさせた。この人たちは卑しむべき反乱者にもはや力はないだろうと当て込んで、のん気にうたたねをしていたんだ。ズーリンはヴォルガ川を渡るよう指示を受けた。[7]

僕たちの行軍と戦争の終結については書かないでおく。手短に言えば、災厄の極致だった。僕たちは反乱者たちに荒らされたいくつもの村を通過した。そこで僕たちは心ならずも、気の毒な住民たちから取り上げたんだ、彼らが賊から守ったものを。どこもかしこも統治体制が断ち切られていた。地主たちは森の中に身を隠している。賊の一味がいたるところで悪事を働いている。それぞれの部隊の責任者たちは、好き勝手に罰したり、赦したりしている。[8]戦火の荒れ狂うこの広大な土地は、何もかも恐ろしい状況にある……。このロシアの反乱《ブント》、無意味で無慈悲な反乱《ブント》は、神様、もう二度と見たくはありません！

5 この戦いは、一七七四年三月二十二日に起こった。『プガチョーフ反乱史』第五章に詳しい記述がある。

6 プガチョーフは一七七四年七月十二日に、カザン（要塞を除く）を占領した。『プガチョーフ反乱史』第七章に詳しい記述がある。カザンについては第六章注2を参照のこと。

7 この文の後には、グリニョーフが、謀反人たちに捕らわれていた両親と会うという章が続くはずであった。小説を清書していた際、プーシキンは当初の計画を取りやめた。「省かれた章」と題されたこのテキストは、下書き原稿として残っている。二百四十三頁注1を参照のこと。

イヴァン・イヴァーノヴィチ・ミヘリソーン[9]の追撃を受けて、プガチョーフは退却していた。やがて、僕たちは彼が完全に撃破されたことを知った。とうとうズーリンは僭称者逮捕の知らせと、同時に停戦命令を受け取った。戦争は終わったんだ。ようやく両親のもとへ行ける！　二人を抱きしめ、なんの音沙汰もないマリヤ・イヴァーノヴナに会う、そう考えると僕は有頂天だった。子どものように飛び跳ねていた。ズーリンは笑って、肩をすくめながら言った。「いや、お先真っ暗だぞ！　結婚なんて、むざむざ身を滅ぼすようなものだ！」

だけどこのとき、僕の喜びに奇妙な感情が水を差していた。数多くの無実の犠牲者たちの血を浴びた悪人について、そして彼を待ち受けている処刑について考えると、気がかりでならなかった。「エメーリャ、[10]エメーリャ！」残念でならなかった。「あんたはなぜ、銃剣で突き刺されたり、散弾を食らったりしなかったんだ？　それよりましなことなんかあんたには思いつかないだろうに」どうしろというんだ？　人生の一大事に、彼は僕を赦してくれた。僕の花嫁を卑劣なシヴァーブリンから解き放ってくれた。そうしたことを抜きにしては、彼のことは考えられない。

ズーリンが休暇をくれた。数日後には僕はまた家族に囲まれ、またマリヤ・イヴァーノヴナと会うはずだった……。いきなり思いもよらぬ雷雨が僕を襲ったんだ。出発の日、まさに出かけようとしていたそのとき、ズーリンが僕の家に入ってきた。紙切れを手に持って、かなり心配そうな様子だ。何かが心をちくりと刺した。よく分からないまま、僕はびくびくしていた。彼は僕の従卒を外へ行かせると、僕に用があるという。「どんなこと？」不安を抱きながら僕はたずねた。「ちょっといやなことだ」紙切れを渡しながら彼が答えた。「今受け取ったばかりなんだが、読んでみろ」

8　この部分は『プガチョーフ反乱史』の第八章の以下の部分から、一部省略したりまとめたりしながら、書き直したものである――「広大な土地では恐ろしい状況になっていた。貴族階層は破滅を運命づけられていた。どの村でも、地主の家の門には、地主や管理人たちが吊るされていた。反徒たちやそれを追撃する部隊は、農民たちから馬や食糧、最後に残った財産を取り上げていた。どこもかしこも統治体制が断ち切られていた。民衆は誰の言うことを聞けばいいのか分からなかった」

9　イヴァン・ミヘリソーン（一七四〇～一八〇七）。一七七四年、プガチョーフとの戦いで目覚ましい活躍をした中佐で、ツァリーツィン（現在のヴォルゴグラード）、チョールヌイ・ヤール間で八月二十五日にプガチョーフに対して最終的な勝利を収めた（『プガチョーフ反乱史』第六章から第八章を参照のこと）。

10　エメリヤン「プガチョーフ」の愛称。

僕は読み始めた。それはすべての責任者たちに宛てた内密の命令で、僕を見つけ次第逮捕し、プガチョーフ事件に関して設置されたカザンの調査委員会へすみやかに護送すべしとある。

紙切れが手から落ちそうになった。「どうしようもない！」ズーリンが言った。「命令に従うのが俺の義務だ。おそらく、君がプガチョーフと仲良く旅していたという噂が何らかのかたちで政府にまで届いたのだろう。たいしたことにはならんよ、君は委員会で身の潔白を証明できる、そう願っている。気を落とさずに行ってこい」良心に一点の曇りもなかったから、僕は審理を恐れてはいなかった。だけど、楽しい再会のときが、ひょっとするとさらに何か月か先延ばしになるかと思うと、僕は怖気づいた。荷馬車が用意された。ズーリンは友人らしく別れの言葉を告げた。荷馬車に乗せられた。抜刀した二人の軽騎兵とともに、僕ははるかな旅路を進んでいったんだ。

# 第十四章　審理

この世の噂は、
海の波のごとし。
諺

すべては僕がオレンブルグから勝手にいなくなったせいだと思い込んでいた。僕が潔白を証明するのは容易かった。乗馬は決して禁止されていなかったばかりか、むしろもろ手を挙げて推奨されていた。むやみにかっかしてしまうのを叱責されるとしても、規律違反はしていない。けれど、僕がプガチョーフと親しい関係にあったことは多くの人が証言するかもしれないし、少なくともかなり疑わしく見えたに違いない。

道中ずっと、僕を待ち受けている取り調べについて考えて、答え方を検討し、審理の場ではありのままの真実を話すことに決めた。それが最も簡単で、かつ最も確実な申し開きの方法だと思ったからだ。

たどりついたカザンは焼け野原になっていた。通りを歩くと、家があったはずの場所には炭の山があり、屋根や窓のない、煤けた壁が突っ立っている。これがプガチョーフの残した爪痕なんだ！　僕が連行された要塞は、焼き尽くされた町の真ん中に残っていた。軽騎兵たちは僕を見張りの将校に引き渡した。彼は鍛冶工を呼ぶように命じた。僕は両足に鎖を付けられ、しっかり固定されてしまった。それから牢獄へ連れていかれ、狭く暗い房に一人残された。むき出しの壁と鉄格子のはまった小窓があるだけだ。

こうした始まりから察するに、この先まるでいいことはなさそうだった。しかし、僕は気力も希望も失っていなかった。悲しみに暮れるすべての人たちが求める慰めに僕はすがった。そして、清らかな、しかし引き裂かれた心から湧き出た甘美な祈りを初めて味わうと、自分が今後どうなるかも気にせず、安心して眠りについたんだ。

翌日、僕は看守に起こされた。委員会からの呼び出しがあるという。二人の兵隊が中庭を抜けて僕を司令官の家に連れていき、控えの間で立ち止まると、僕だけを中の部屋へ行かせた。

僕はかなり大きな広間に入った。書類で埋め尽くされたテーブルを前に、二人の男が座っている。一人は年配の将軍で、厳格で冷徹そうだ。もう一人は、若い近衛の大尉で、年は二十八歳ぐらい、見た目はとても感じが良く、物腰は如才なく自然だ。窓際の別のテーブルには耳にペンを挟んだ書記官がいて、紙の上に身をかがめて僕の供述を書き取ろうとしている。取り調べが始まった。氏名と官位をたずねられた。将軍は、僕がアンドレイ・ペトローヴィチ・グリニョーフの息子ではないのかと聞いた。それから僕の答えに、手厳しい言葉を返した。「残念だな、あれほど立派な人物にこのような不肖の子がいるとは！」僕は、どんな嫌疑であっても真実を率直に語れば晴れると思っています、と落ち着いて答えた。自信に満ちた僕の態度が彼には気に入らなかった。「君は、切れ者のようだねえ」彼は顔をしかめて言った。「しかし、我々が相手にしてきたのはこんなものではないのだ！」

するとこ、若い男が、どんなきっかけでいつからプガチョーフに仕えるようになったのか、そしてどんな任務を負っていたのかとたずねてきた。

僕はこれに憤慨し、将校であり貴族である自分はプガチョーフに決して仕えていないし、いかなる任務も引き受けられるはずがなかったと答えた。

「いかにして」取調官は反論した。「貴族であり将校である者が一人だけ僭称者に赦されるのですか、仲間たちはみな残殺されているのに？　いかにして、その将校であり貴族である者が反乱者たちと仲良く宴をし、犯罪者の親分から贈り物を、外套と馬と半ルーブルを受け取るのですか？　なぜこのように奇妙な友情が生まれたのですか？　その友情の根拠は？　もしもそれが背信や、少なくとも卑劣な、許しがたい小心ゆえでないのだとすれば、何なのですか？」

近衛の将校の言葉に大いに侮辱された僕は、熱弁を振るい始めた。大吹雪のステップでプガチョーフと最初に出会ったこと、さらにはベロゴールスク要塞を占領した彼が僕に気づいて赦してくれたことを語った。長外套と馬を僭称者から恥じることなく受け取ったが、しかしベロゴールスク要塞を悪党たちから最後まで守ろうとしていたのだと述べた。最後に僕は、悲惨なオレンブルグ包囲の際の僕の熱意を証明してくれる将軍の名を引き合いに出した。

厳格な老人はテーブルに置いてあった手紙を取ると、声に出して読み始めた。

「今回の騒動に関与し、そして賊との職務上許されない、宣誓に反する関係を疑われているグリニョーフ少尉補に関して、閣下のお尋ねにご返答することを光栄に存じます。件のグリニョーフ少尉補がオレンブルグにて勤務しておりましたのは、昨一七七三年十月初めより本年二月二十四日までであり、この日に彼は町から離れ、以降は我が隊に戻っておりません。投降者たちから聞いたところでは、彼はプガチョーフの里におり、プガチョーフとともに彼がかつて勤務していたベロゴールスク要塞へ行ったのであります。また、彼の品行につきまして、私は……」そこで老人は読み上げるのをやめて、厳しくこう言い放った。「さて、君はどう申し開きをするのかね？」

初めに決めた通りに申し開きを続けようとした。マリヤ・イヴァーノヴナとのつながりについても、その他のことと同じように率直に説明しかけた。だけど急に、どうにもそれがいやになったんだ。彼女の名前を出せば、委員会は答弁を求めて彼女を呼び出すだろう。悪党どもの忌まわしい誹謗中傷の中に彼女の名前が巻き込まれ、彼女自身が悪党どもと直接対峙して尋問をうけることになる。この恐ろしい考えに僕は打ちのめされ、言葉に詰まり、とまどった。

審理委員たちは答弁をいくらか好意的に聞き始めていたようだったけれど、狼狽する僕を見てふたたび偏見を抱いた。近衛の将校は、僕と主たる密告者を直接対決させるよう要求した。将軍は昨日の罪人を呼ぶように命じた。僕はすばやく扉の方を向くと、告発人の登場を待っていた。数分後に鎖の音が響いて扉が開くと、入ってきたのはシヴァーブリンだった。変わり果てた姿に驚いた。ひどくやせこけて、顔色が悪い。少し前には黒々としていた髪が、すっかり白くなっている。長いあごひげは伸び放題だ。告発を繰り返す彼の声は弱々しいものの、そこに気後れは感じられない。彼の言い分はこうだ。僕はプガチョーフによってオレンブルグにスパイとして派遣され、毎日撃ち合いに出ていったが、それは町の様子を逐一記した書付けを手渡すためだった。そしてとうとうあからさまに僭称者の側につき、彼とともに要塞から要塞へと馬を乗り回し、プガチョーフ側に寝返った仲間をあらゆる手を使って破滅させようとしていた。代わりに彼らの地位につき、僭称者からの褒賞を得るためだ。黙って彼の話を聞いていた僕は、ただ一点、マリヤ・イヴァーノヴナの名前が忌まわしい悪党の口から発せられなかったことには満足していた。自分を軽蔑してはねつけた娘を思うと彼の自尊心がうずくからなのか、それとも、僕を黙らせたのと同じ感情の火花が、彼の心の中にも秘められていたからだろうか。いずれにせよ、委員会においては、ベロゴールスク要塞の司令官の娘の名は発せられなかった。僕は決意をさらに固めた。そして、審理委員たちからシヴァーブリンの証言に対してどう反論できるのかとたずねられると、僕は最初の説明の通りで、その他に自分で申し開きできることはないと答えた。将軍は僕たちを退出させるように命じた。僕たちは一緒に広間を出た。僕は落ち着いてシヴァーブリンを見つめたけれど、何も言わなかった。彼は悪意のこもった薄笑いを浮かべ、自分の鎖を軽く持ち上げると、僕の前に出て歩みを速めた。僕はまた牢獄へ連れていかれ、それ以降、取り調べに呼び出されることはなかった。

これを読んでいる人にまだ伝えなければならないことがあるけれど、これらはすべて僕自身が見聞きしたわけではない。だけど、あまりにもたびたび聞かされてきたから、ごく細かいところまで僕の記憶に刻み込まれ、まるで見えない僕がそこにいたかのようにさえ思える。

マリヤ・イヴァーノヴナは僕の両親から手厚いもてなしで受け入れられた。古い世代の人たち特有の手厚さだ。かわいそうな孤児《みなしご》を保護し、親身になって世話をする機会を持ったことに、二人は神の恩恵を感じていた。二人はすぐに、彼女に心からの愛着を覚えた。彼女の人柄を知ったなら、愛さずにはいられないんだ。父さんにはもう、僕の愛情がつまらない馬鹿げた考えではなくなっていた。母さんは、我が子ペトルーシャが愛らしい大尉の娘と結婚することだけを願っていた。

　僕の逮捕の知らせは一家を驚かせた。マリヤ・イヴァーノヴナは僕の両親に、僕とプガチョーフとの奇妙な付き合いについてありのままに語っていて、それは二人を心配させるどころか、たびたび彼らを心から笑わせるほどだった。父さんは、玉座を転覆させ、貴族を根絶しようとする忌まわしい反乱に僕が関与したなどと、信じたくはなかった。父さんはサヴェーリイチをきつく問いただした。じいやは僕がエメーリカ[1]・プガチョーフの家に招かれていたことやこの悪党が僕に目をかけていたことを打ち明けたけれど、裏切り行為など聞いたことがないと請け合った。年寄りたちは安心して、良い知らせが届くのを、今か今かと待っていた。マリヤ・イヴァーノヴナはかなり心配していたけれど、彼女はもともとてもつつましく慎重だったから、黙ったままでいた。

　数週間が過ぎた……。突然、父さんはペテルブルグにいる親戚のB公爵から手紙を受け取った。公爵は僕について書いていた。お決まりの前置きのあとで公爵が父さんに伝えたのは、反乱者たちの企みに僕が加担したという容疑は、不幸なことに、あまりにも明らかであり、見せしめのために処刑されてもおかしくなかったが、女帝陛下は父親の功績と高齢を尊重して、罪人である息子に特赦を与え、屈辱的な処刑を免じ、シベリアの僻地への終身流刑を命じるにとどめたということだった。

　この思いもよらぬ一撃は、あやうく父さんを殺してしまうところだった。いつもの気丈さは失われ、苦々しい愚痴の中に（いつもは口に出さない）嘆き節があふれていた。「何たることだ！」父さんは我を忘れて繰り返した。「わしのせがれがプガチョーフの企みに加担した！　正しき神様、この年になってこんな目にあうとは！　女帝陛下は処刑を免じてくださった！　それはわしには何の足しにもならん！　恐ろしいのは処刑ではない。わしの先祖はロブノエ・メスト[2]で死んだ。己の良心に一点の曇りもないことを訴えながらな。わしの父はヴォルイーンスキー[3]やフルシチョーフとともに罰せられた。だが、貴族が宣誓を裏切って、悪党ども、人殺しども、逃亡奴隷どもと手を組むとは！……。一族の恥の極みだ！……」父さんの落胆ぶりにうろたえた母さ

1　エメリヤンの卑称。
2　モスクワの赤の広場にある台。かつてはここで皇帝の命令が読み上げられ、重大な犯罪者が処刑された。

んは、父さんの前で泣くこともできず、噂はあてにならないとか人の意見なんてよく変わるものだとか言って元気づけようとした。父さんの気は晴れなかった。

マリヤ・イヴァーノヴナが誰よりもつらい思いをしていた。僕がその気になれば申し開きができたのを分かっている彼女は、真実を見抜き、自分こそ僕に不幸をもたらした張本人だと思い込んでいた。彼女は涙と苦しみを誰にも見せずに、僕を救う手立てをずっと考えていたんだ。

ある日の晩、父さんはソファに腰かけて『宮廷年鑑』の頁をめくっていた。だけどうわの空で、読んでもいつものような効果は現れない。昔の行進曲を口笛で吹いている。母さんは黙々と毛糸で上着を編んでいて、ときおり涙が編み物の上に落ちていた。座って仕事をしていたマリヤ・イヴァーノヴナがだしぬけに言い出したのは、自分はペテルブルグへ行く必要があり、出立できるように都合してほしいということだった。母さんはとても悲しんだ。「まさか、マリヤ・イヴァーノヴナ、あなたまで私たちを見捨てるつもりなの？」マリヤ・イヴァーノヴナは、未来の運命はすべてこの旅にかかっているのだと言った。「どうしてあなたがペテルブルグへ行くの？」母さんはそして、彼女は正義のために亡くなった人の娘として、有力者たちから支援や助力をもらうために行ってくるのだと答えた。

　父さんはうなだれた。息子の濡れ衣を思い出させる言葉はどれも、父さんには重くのしかかり、ちくちく非難されているように思われた。「行っていいんだよ！」父さんはため息まじりに言った。「わしらはお前さんの幸せを邪魔したくはない。神様が花婿にしてくれるといいな、名誉を汚された裏切り者などではなく、いい人をな」父さんは立ち上がって、部屋から出ていった。

　母さんと二人きりになったマリヤ・イヴァーノヴナは、自分の計画の一部を話した。母さんは泣きながら彼女を抱きしめ、この思いつきがうまくいくように神に祈った。マリヤ・イヴァーノヴナは旅支度をしてもらい、数日後には忠実なパラーシャと忠実なサヴェーリイチを連れて出発していった。僕から無理やり引き離されたサヴェーリイチは、僕のいいなずけに仕えていると思えば、少しは気が晴れたんだ。

　無事ソーフィア[4]に到着したマリヤ・イヴァーノヴナは、宮廷がこのときツァールス

3　アルテーミー・ヴォルイーンスキー（一六八九～一七四〇）。女帝アンナ・ヨアーノヴナのもとで大臣を務めた。女帝の寵臣ビロンによる体制を転覆させるべく企図したかどで、一七四〇年、友人のアンドレイ・フルシチョーフとともに処刑された。

コエ・セローにあるのを知って、ここにとどまることにした。彼女には仕切りのついた小さな空間が割り当てられた。駅逓長の奥さんはすぐに彼女と話し込んで、自分は宮廷の釜焚きの姪だと言い、宮廷生活の秘密を何から何までマリヤ・イヴァーノヴナに教えてくれた。女帝陛下がいつも何時にお目覚めになり、コーヒーをお召し上がりになり、お散歩をされるとか、どんな側近がいるとか、女帝陛下が昨日の食卓で何をお話しになった、晩には誰を引見されたとか、要するに、アンナ・ヴラーシエヴナの話は歴史の覚書の数頁に値するような、あとの世代にとっては貴重なものだ。マリヤ・イヴァーノヴナは彼女の言うことを注意深く聞いていた。彼女たちは庭園へ行った。アンナ・ヴラーシエヴナは一つ一つの並木道や小さな橋にまつわる物語を教えた。そして、心ゆくまで散歩をすると、二人はお互いにすっかり満足して駅へ戻ってきた。

あくる日の朝早く、マリヤ・イヴァーノヴナは目を覚ますと、服を着替えてこっそり庭園へ出かけた。朝は素晴らしく、太陽は、秋のさわやかな息吹のもとですでに黄色くなった菩提樹の頂を照らしている。大きな湖の水面は、波一つなくきらめく。目を覚ました白鳥たちが、岸辺をおおう灌木の陰から威風堂々と泳ぎ出す。マリヤ・イヴァーノヴナはとても美しい草地の周りを歩いていた。ここは、ピョートル・アレクサンドロヴィチ・ルミャーンツェフ伯爵の最近の勝利を称える記念碑が建てられたばかりだった。不意に英国種の小さな白い犬が吠えだすと、彼女の方へまっしぐらに駆けてきた。マリヤ・イヴァーノヴナはびっくりして立ち止まった。このとき、感じのいい女性の声が聞こえた。「怖がらないで。噛みませんから」それからマリヤ・イヴァーノヴナは、記念碑の向かいのベンチに貴婦人が座っているのを見た。マリヤ・イヴァーノヴナはベンチのもう一方の端に腰を下ろした。貴婦人は彼女をじっと眺めている。マリヤ・イヴァーノヴナも、横目でちらちらと、貴婦人の足から頭までつぶ

4　ロシアの皇帝たちは、夏にはサンクト・ペテルブルグの南二十四キロメートルほどにあるツァールスコエ・セロー（「皇帝村」とも訳される）に滞在していた。ソーフィアは、エカテリーナ二世の命によってそこに隣接して作られた町で、一八〇八年にツァールスコエ・セローの一部となった。ツァールスコエ・セローの現在の名称は、アレクサンドル・プーシキンを記念して「プーシキン」となっている。

5　前出の駅逓長夫人の名と父称。

6　ピョートル・ルミャーンツェフ（一七二五～一七九六）。七年戦争や露土戦争（一七六八～一七七四）で数々の戦功を上げた。エカテリーナ二世は、彼の露土戦争での勝利を称えて記念碑（オベリスク）をツァールスコエ・セローに建てた。

さに観察できた。貴婦人は白い朝着にナイトキャップをかぶり、半コートを羽織っている。四十歳ぐらいに見える。丸くて血色のよい顔は、尊大さと穏やかさを表していて、空色の瞳と優美な微笑みにはえも言われぬ魅力があった。貴婦人が最初に沈黙を破った。

「あなたはたぶん、こちらの方ではないわね？」彼女は言った。

「さようでございます。昨日、田舎から参ったばかりでございます」

「あなたはご両親といらしたのですか？」

「いいえ、さようではございません。一人で参りました」

「お一人で！　まだこんなにお若いのに」

「私には父も母もおりません」

「あなたはこちらには、もちろん何かのご用件でいらっしゃっているのですね？」

「さようでございます。女帝陛下にお願いをいたしたく参りました」

「あなたは孤児《みなしご》なのですね。きっと不当な扱いや侮辱を受けたことを訴えていらっしゃるのでしょう？」

「いいえ、さようではございません。私はお裁きではなく、お赦しをお願いしたく参りました」

「おたずねしてもよろしいですか、あなたはどういう方ですか?」

「私はミローノフ大尉の娘でございます」

「ミローノフ大尉! オレンブルグの要塞の一つで司令官をされていた、あの方ですか?」

「さようでございます」

貴婦人は心を打たれたようだ。「ごめんなさいね」彼女の声はさらに優しくなる。「あなたのご用件に口出しするようですけれど。でも、私は宮廷に出入りしています。あなたのお願いがどんなことなのか、私に教えていただけないかしら。たぶん、あなたのお役に立てると思うわ」

マリヤ・イヴァーノヴナは立ち上がって、丁重にお礼を言った。見知らぬ貴婦人の何もかもがおのずと心を引きつけ、この人なら信頼できると思わせた。マリヤ・イヴァーノヴナはポケットから折りたたんだ紙を取り出して見知らぬ支援者に渡すと、貴婦人はそれを黙読し始めた。

最初は注意深く、好意的な様子で読んでいた貴婦人だが、その顔がにわかに変わった。彼女の一つ一つの動作を目で追っていたマリヤ・イヴァーノヴナは、その厳しい表情におののいた。少し前まであんなにも感じが良くて穏やかだったというのに。

「あなたはグリニョーフのことをお願いするのですか？」貴婦人は冷ややかに言った。「女帝はあの者を赦すことはできません。あの者が僭称者の側についたのは無知や軽率さからではありません。道徳のない、有害なろくでなしとしてなのです」

「ああ、違います！」マリヤ・イヴァーノヴナは叫んだ。

「どう違うのです！」かんかんになって貴婦人が言い返した。

「違います。本当に違うのです！　私は何かも知っています。あなたにお話しします。あのかたはただ私のためにすべてを甘んじて受け入れているのです。彼が審理の場で申し開きをしなかったのなら、それはひとえに彼が私を巻き込みたくないからなのです」そして、この手記を読んでいる人がすでに知っていることを何もかも、彼女は熱く語ったんだ。

貴婦人は彼女の話を注意深く聞いた。それから「あなたはどこにお泊まりなのですか？」とたずねた。アンナ・ヴラーシエヴナのところだと聞くと、微笑みながら付け加えた。「ああ！　知っていますよ。では、失礼します。私たちがここで会ったことは誰にも言わないでくださいね。きっと、お手紙へのお返事をあなたはそう長くは待たないと思いますよ」

そう言うと、貴婦人は立ち上がり、木々の生い茂った小道へ出ていった。マリヤ・イヴァーノヴナは嬉しい期待で胸をいっぱいにして、アンナ・ヴラーシエヴナのもとへ戻ったんだ。

女主人は、秋の朝早くの散歩は若い娘の体にはよくないと言って、マリヤ・イヴァーノヴナを叱りつけた。アンナ・ヴラーシエヴナがサモワールを持ってきて、お茶を飲みながら尽きない宮廷話に取りかかろうとしたそのとき、だしぬけに宮廷馬車が玄関のわきに止まった。それから宮廷の従僕が入ってきて、女帝陛下がミローノヴァ嬢をお召しでございますと告げた。

アンナ・ヴラーシエヴナは驚いて、あわてふためいた。「あらあら、神様！」彼女は大きな声を出した。「女帝陛下があなたを宮廷へお呼びになっているわ。陛下はどうやってあなたのことを知ったのかしら？　でもあなた、どうやって女帝陛下の御前に出ましょうねえ？　あなたはたぶん宮廷式の歩き方もできないでしょうし……。私があなたを送っていった方がよくないかしら？　とにかく私はあなたに何でも粗相のないように教えてあげられるわ。旅の格好で行くのはいかがなものかしら？　助産婦さんのところへ黄色いロブロン[7]を借りに行かせましょうか？」従僕は、女帝陛下はマリヤ・イヴァーノヴナが一人で、そのままの格好で来るようにご所望でございますと伝えた。仕方がなかった。アンナ・ヴラーシエヴナから忠告と祝福の言葉をもらうと、マリヤ・イヴァーノヴナは馬車に乗り込み、宮殿へ向かった。

　マリヤ・イヴァーノヴナは僕たちの運命が決せられるのを予感していた。彼女の心臓はあまりにも強く打ち、ほとんど止まってしまいそうだった。数分後に馬車は宮殿の前に止まった。マリヤ・イヴァーノヴナは身を震わせながら階段を昇っていった。扉が彼女の前で大きく開け放たれる。彼女は誰もいない豪華な部屋を次々に通り抜けた。従僕は道を示していく。ようやく閉ざされた扉の前に到着すると、従僕は今から報告してくるからと言って、彼女一人を残していった。

　面と向かって女帝に謁見するということを考えると、彼女は怖くなって、立っているのもやっとだった。すぐに扉が開け放たれ、彼女は女帝陛下の化粧室に入った。

　女帝は化粧台に向かっていた。数名の廷臣が彼女を囲んでいたけれど、丁重にマリヤ・イヴァーノヴナを通した。女帝陛下が優しくマリヤ・イヴァーノヴナの方を振り向くと、マリヤ・イヴァーノヴナはそれが、つい今しがた自分の考えを打ち明けて話した、あの貴婦人だと分かった。女帝陛下は彼女を呼び寄せて、微笑みを浮かべて言った。「約束を守ることができて、あなたの願いをかなえることができて嬉しく思います。あなたの用件はこれで片づきました。あなたの花婿の無実を私は信じています。この手紙は、お手数ですがあなたご自身で、未来の舅さんに持っていってあげてください」

マリヤ・イヴァーノヴナは震える手で手紙を受け取ると、泣き出して、女帝の足元に倒れ込んだ。女帝は彼女を抱え上げて、キスをした。女帝陛下は彼女と語り合った。「あなたが裕福でないのは知っています」女帝陛下は言った。「ですが、私はミローノフ大尉の娘さんには借りがあるのです。未来のことは心配しないでください。ひととおりの財産を調えてあげましょう」

かわいそうな孤児《みなしご》に優しさを振りまいて、女帝陛下は彼女を退がらせた。マリヤ・イヴァーノヴナは来たときと同じ宮廷馬車に乗って帰った。彼女の帰りを待ちきれず

---

7　鯨のひげなどで張り広げた、釣り鐘型の裾の広いスカートのついたドレス。

にいたアンナ・ヴラーシエヴナに質問攻めにされ、彼女はそれにどうにかこうにか答えていた。アンナ・ヴラーシエヴナは彼女の記憶が曖昧なのが不満だったけれど、それを地方の人間特有の内気さのせいにして、大目に見てやった。その日のうちに、マリヤ・イヴァーノヴナはペテルブルグを一目たりとも見ようとせずに、村へ帰っていった……。

---

ピョートル・アンドレーエヴィチ・グリニョーフの手記はここで終わっている。一家の言い伝えによれば、彼は一七七四年末、勅令によって勾留を解かれた。そして、彼はプガチョーフの処刑の場にいたという。プガチョーフは、群衆の中に彼を見つけると首を縦に振ってみせた。直後に、命を失い、血まみれになって、人々の前にさらされるその首を。それからすぐに、ピョートル・アンドレーイチはマリヤ・イヴァーノヴナと結婚した。彼らの子孫はシムビールスク県でつつがなく暮らしている。＊＊＊から三十露里のところに、十人の地主たちの所有する村がある。地主の家の離れの一つには、エカテリーナ二世直筆の書簡がガラス張りの額縁に入れて飾られている。この書簡はピョートル・アンドレーエヴィチの父に宛てられており、彼の息子の無罪

を認め、ミローノフ大尉の娘の知と心を称えている。ピョートル・アンドレーエヴィチ・グリニョーフの手稿はその孫の一人から我々に届けられたが、この人は、自分の祖父の記した時代に関する仕事に我々が携わっていることを知ったのだ。我々は親族の許可を得て、各章に相応しい題辞を付し、いくつかの固有名を変更させてもらい、この手稿を一冊の本として刊行することにした。

刊行者

一八三六年十月十九日

# 省かれた章[1]

僕たちはヴォルガの岸辺に近づいていた。味方の連隊は＊＊村に入ると、そこにとどまって夜営をした。村長の説明では、対岸のすべての村が反乱を起こし、どこもかしこもプガチョーフの一味がうろついているという。そう聞いて僕はかなり心配になった。僕たちが対岸へ渡るのは、翌朝と決まっていた。じっとしていられなかった。父さんの村はここから三十露里ほどの川の対岸にある。僕は、渡し守を見つけられないかとたずねた。農民たちはみな漁師でもあったから、舟はたくさんある。僕はグリニョーフ［ズーリン］のところへ行って、自分の計画を語った。「無茶をするな」彼は言った。「一人で行くのは危険だ。朝になるのを待て。俺たちが最初に川を渡って君のご両親を訪ねるとしよう。念のために軽騎兵五十名を引き連れていく」

僕は自分の意見を押し通した。舟の準備ができた。二人のこぎ手とともに乗り込んだ。二人はともづなをほどいて、櫂を水面に差した。

空は晴れている。月が輝いている。穏やかな天気だ。ヴォルガは滑らかに、静かに流れる。舟はゆらゆら揺れながら、暗い波の上を滑っていく。僕は深く空想に耽った。三十分ほどが過ぎた。すでに川の中ほどまで来ていた……。突然、こぎ手たちが小声で話し始めた。「どうしたんだい？」我に返って僕はたずねた。「分かりません。神のみぞ知るです」こぎ手たちは同じ方向を見ながら答えた。僕もそちらを見てみると、薄闇の中に何かがヴォルガを下ってくる。正体不明のものが近づいてきた。こぎ手た

---

1　この章は『大尉の娘』の最終稿には含まれず、手書き原稿の状態で残された。プーシキンは原稿では、この章に当初付していた「第十二章」の表記を消し、「省かれた章」と書いている。この章を最終稿から削除したのはプーシキン自身であるが、その理由は明らかになっていない。終盤に向かってこの部分が語りのテンポを遅くしているという説や、検閲を考慮したプーシキンが農奴制の現実をある程度理想化しようと試みたものの、その後、プーシキン自身がこの理想化を否定したからだという説がある。

なお、この章のテキストでは、最終稿のグリニョーフ、ズーリンに対して、それぞれブラーニン、グリニョーフという名がつけられている。読者の混乱を避けるため、ここでは便宜上［　］に最終稿の中で対応する人物の名を記した。

ちには舟を止めて、それがやってくるのを待つようにと命じた。月が雲のかげに隠れる。流れてくるものの形が、ますますぼんやりする。もうかなりそばまで来ているのに、それが何なのか、まだ分からない。「何だろうなあ」こぎ手たちが話している。「帆かと思えば帆でもねえ、マストかと思えばマストでもねえ……」突然、月が雲の間から現れて、おぞましい光景が照らし出された。こっちへ真っすぐ流れてくるのは絞首台だ。筏の上に固定されて、横木には三つの死体がぶら下がっている。病的と言ってもいい好奇心が僕をとらえた。吊り下げられた者たちの顔を見たくなったんだ。僕の指示でこぎ手たちは筏に鉤竿を引っ掛け、舟は流れてきた絞首台に当たった。僕は飛び移って、おぞましい二本の柱の間に立った。まばゆい月が、不幸な人たちの醜く変わり果てた顔を照らしていた。一人は年老いたチュヴァシ人[2]、もう一人はロシア人の農民で、二十歳ぐらいの力があって丈夫そうな若者だった。けれど、三人目を見て、僕は肝をつぶした。憐みの声を抑えられなかった。ヴァーニカ[3]だ。三人の頭上には、黒い板が打ちつけてあり、そこには白い文字で大きく「泥棒と反乱者」と書かれている。こぎ手たちはそれには無関心で、鉤竿を筏に引っ掛けたまま僕の指示を待っている。僕は舟の席に戻った。筏は川を下っていった。絞首台は闇の中にしばらくの間、黒く浮かび上がっていた。とうとうそれが見えなくなり、そして僕たちの舟は高く険しい岸に横づけされた……。

　こぎ手たちには渡し賃をはずんだ。そのうちの一人が渡し場の近くにある村の頭のところへ連れていってくれた。こぎ手と一緒に農家の中に入った。僕が馬を必要としていると聞いて、頭は僕をぞんざいに扱おうとした。だけど、案内してくれた男が二言三言ささやくと、厳しい態度は一変し、今度はやたらと世話を焼き始めた。すぐに三頭立《トロイカ》てが用意されると、荷台に乗り込んだ僕は、うちの村へ向かうように言いつけた。

　僕たちは、眠っている村々を横目に、街道を駆けていた。ひとつだけ恐れていたのは、途中で止められやしないかということだ。この夜、ヴォルガで僕が人に会ったことは、この地域に反乱者たちが存在することの証拠にもなるけれど、同時にこれは、

2　チュルク語系の民族。

3　この人物は最終稿には登場しない。

政府側からの強力な反撃の証拠にもなってしまう。万一の場合に備えてポケットの中には、プガチョーフがくれた通行許可証とグリニョーフ大佐［ズーリン少佐］の命令書があった。けれど、僕は誰にも会わず、朝には川とモミの林が見えてきた。この向こうにうちの村がある。御者は馬に鞭をくれて、十五分後には＊＊村へ入ったんだ。

地主の家は村の反対側の外れにあった。馬たちは全速力で駆けた。するといきなり道の真ん中で、御者が馬たちを止めにかかった。「どうした？」僕はたまらずたずねた。「関所ですよ、旦那」暴れる馬を必死に引きとめながら、御者が答えた。たしかに柵があって、棍棒を持った見張り番がいる。その農夫が近づいてきて帽子を取り、身分証明書の提示を求めた。「これはどういうことなんだ？」僕はたずねた。「どうしてここに柵がある？　何を見張っているんだ？」「そりゃ旦那、おらたちは反乱を起こしてますからね」耳の後ろを掻きながら、見張り番が答えた。

「それじゃ、お前たちの主人一家はどこにいる？」ドキドキしながら僕はたずねた……。

「おらたちの主人一家がどこかですって？」農夫が繰り返した。「穀物倉庫にいます」

「何で倉庫に？」

「アンドリューハ[4]、おらたちの村の書記[5]がぶち込んだんです。枷をはめましてね。君主様のもとに連れていくつもりです」

「何てことだ！　馬鹿なやつだ、柵をどけろ。何をぼけっとしている？」

見張り番はぐずぐずしている。僕は馬車から飛び出て、この男の耳をひっぱたいて（悪いことをした）、自分で柵を動かした。男はとんと分からぬという様子で僕を眺めていた。僕はまた馬車に戻って、地主の家へ急ぐように命じた。穀物倉庫は中庭にある。鍵のかかった扉のそばには、二人の農夫が同じように棍棒を持って立っていた。馬車は彼らの目の前で止まった。僕は飛び降りると、まっしぐらに駆け寄った。「扉を開けろ！」彼らに言った。たぶん、僕の剣幕はすごかったのだろう。ともかく、二人とも棍棒を捨てて逃げ出した。僕は錠前を叩いたり、扉を壊そうとしたりしてみた。けれど、扉はナラの木で出来ているし、巨大な錠前はびくともしない。そのとき、すらりとした若い農夫が召使小屋から出てきて、何を暴れているのかと横柄な態度でた

4　アンドレイの愛称。
5　村長とともに村の行政・政治的な機能を担っていた。

ずねてきた。「書記のアンドリューシカ[6]はどこだ」僕はどなった。「ここへ呼んで来い」

「この俺がアンドレイ・アファナーシエヴィチだ[7]。アンドリューシカじゃねえ」得意そうに両手を腰に当てながら彼は答えた。「何の用だ？」

　答える代わりに僕はこの男の襟首をつかみ、倉庫の扉まで引きずっていって、開けるように命じた。書記は意固地になりかけたけれど、父親のような仕置きが彼にも効いたんだ。鍵を取り出すと、倉庫の扉を開けた。僕は敷居をまたいで中へ飛び込んだ。天井に穿たれた小さな穴から差し込む光にかすかに照らされて、暗い片隅に母さんと父さんがいたんだ。二人とも両手を縛られて、両足には枷がはめられている。駆けつけて二人を抱きしめた僕は、どんな言葉も出てこなかった。二人とも僕を見て驚いている。三年間の軍隊生活で、僕はすっかり変わったから、この人たちは僕だと分からなかったんだ。母さんはああとため息をついて、涙を流した。

　不意に、聞きなれた愛おしい声が聞こえてきた。「ピョートル・アンドレーイチ！あなたなんですね！」僕は棒立ちになった……。見回してみると、別の隅にマリヤ・イヴァーノヴナがいる。やはり縛られている。

父さんは自分を信じられずに、黙って僕を眺めていた。顔には明るい喜びが浮かんだ。僕はひとまずサーベルで縄の結び目を切った。

「やあ、お前だったか、ペトルーシャ」僕をぎゅっと胸に引き寄せて、父さんが言った。「神様のおかげだな。わしらはお前を待っていたぞ……」

「ペトルーシャ、あなたは」母さんが言った。「神様が連れてきてくださったのね！元気なの？」

ともかく彼らをここから出そうと扉に戻ると、また鍵をかけられていた。「アンドリューシカ」僕は叫んだ。「開けるんだ！」「そうはいかない」扉の向こうで書記が答えた。「お前もそこにいろ。国の役人の襟首を引っぱったりして狼藉を働けばどうなるか、教えてやる！」

僕は倉庫の中をよく見てみたけれど、脱出できる手立ては何もなかった。

「じたばたするな」父さんが僕に言った。「わしは、泥棒たちの抜け穴を通って自分

---

6　ここではアンドレイの卑称として使われている。
7　「名・父称」という呼び方は「名（卑称）」だけよりも公的であり、また尊敬の意味が加わっている。

の倉庫に出入りするような、そんな主ではないのだ」

　母さんは僕の姿を見てしばらく喜んでいたけれど、一家の破滅に僕も加わらねばならないと分かって、すっかりしょげてしまった。けれど僕は、両親やマリヤ・イヴァーノヴナと一緒になれたことで、より冷静になっていた。サーベルと二丁のピストルがあるから、包囲されても多少は持ちこたえられる。グリニョーフ［ズーリン］は夕方にはやってきて、僕たちを解放してくれるはずだ。こうしたことすべてを両親に伝え、母さんも落ちつきを取り戻した。二人とも再会の喜びに浸っていた。

「しかしだ、ピョートル」父が僕に言った。「お前はかなり悪さをしておったな。わしはひどく腹が立ったぞ。だが、昔のことはとやかく言うまい。お前も性根を改めて、真面目になってくれたようだな。誠実な将校にふさわしく、お前が勤めに励んでおったのは分かる。ありがとう。この年寄りにはいい慰めになったわい。お前のおかげで解き放たれるなら、わしの人生は二倍に楽しくなるだろう」

　僕は泣きながら父さんの手にキスをして、マリヤ・イヴァーノヴナを見ていた。彼女は僕がいるのを喜んでいて、本当に幸せで安心し切っているように見えた。

　昼頃になって、僕たちはただならぬ喧騒と叫び声を耳にした。「どうしたというのだ」父さんが言った。「お前の言っていた大佐［少佐］がもうやってきたのか？」「そんなはずはありません」僕は答えた。「あの人は夕方より前には来ません」ますます騒がしくなる。警鐘が鳴っている。馬に乗った者たちが、中庭を走り回っている。そのとき、壁に開けられた小さな穴から突き出てきたのは、サヴェーリイチの白髪頭だ。気の毒なじいやは哀れな声を上げた。「アンドレイ・ペトローヴィチ、アヴドーチヤ・ヴァシーリエヴナ、ピョートル・アンドレーイチ坊っちゃん、マリヤ・イヴァーノヴナお嬢様、大変です！　悪者どもが村に入ってきました。それを誰が率いているかご存知ですか、ピョートル・アンドレーイチ？　シヴァーブリン、アレクセイ・イヴァーヌイチですよ。ちきしょうめ！」憎らしいその名を聞くと、マリヤ・イヴァーノヴナは両手を打ち合わせたまま立ちすくんだ。

「いいかい」僕はサヴェーリイチに言った。「馬で誰かを渡し場に行かせてくれ。軽騎兵連隊がいるはずだ。僕たちが危険にさらされていることを大佐［少佐］に知らせるように言ってくれ」

「誰を出せって言うんです、坊っちゃん？　若いのはどいつも反乱側に回ってますし、馬はみんな持ってかれちまいました！　ああっ！　もう中庭にいますよ。倉庫にも来ます」

するど、扉の向こうで何人かの声が響いた。僕は口を開かずに、母さんとマリヤ・イヴァーノヴナには隅に下がっているように合図をして、サーベルを抜き、扉のすぐわきの壁にぴたりと身を寄せた。父さんは二丁のピストルをつかむと、両方の撃鉄を上げて、僕のそばに立った。錠前がガチャガチャ鳴って扉が開けられると、書記の頭がぬっと現れた。僕がサーベルで一撃すると、書記は入り口をふさいで倒れた。このとき、父さんは扉の方に向けてピストルを撃った。僕たちを包囲していた大勢の男たちが、悪態をつきながらさっと離れた。僕は傷ついた書記を引っぱり込んで、中から扉に鍵をかけた。中庭は武装した男たちであふれている。その中にはシヴァーブリンもいた。

「怖がらなくていいよ」僕は女性たちに言った。「望みはある。父さん、もう撃たないでください。最後の弾薬を大切にしましょう」

母さんは黙って神に祈っていた。そのそばに立つマリヤ・イヴァーノヴナは天使のように心安らかに、運命が決するのを待っている。扉の向こうでは、脅し文句や罵詈雑言が響いている。僕は元の位置に戻り、最初に突っ込んでくる命知らずをたたき切ってやろうと身構えている。急に悪党どもが静かになった。僕を呼ぶシヴァーブリンの声が聞こえた。

「僕はここにいる。要求は何だ?」

「投降しろ、ブラーニン[グリニョーフ]。抵抗しても無駄だ。年取った両親のことを考えてやれ。意地を張っても助からん。いつでもそっちへ行ってやるぞ!」

「やってみろ、裏切り者!」

「わざわざ自分から突っ込むつもりはないし、むざむざ部下たちを失いたくはない。だから、倉庫に火を放つように命じる。お前がどうするのか、見ものだよ、ベロゴールスクのドン・キホーテ。[8] そろそろ昼食の時間だ。しばらくそこに座って、とくと考えてみるがいい。マリヤ・イヴァーノヴナ、またお会いしましょう。あなたに詫びたりはしませんよ。たぶん、あなたは退屈ではないでしょう。暗がりであなたの騎士とご一緒なんだから」

8 スペインの作家セルバンテス(一五四七~一六一六)の小説『ドン・キホーテ』の主人公。騎士道精神の妄想にとらわれている。

シヴァーブリンは去っていったが、倉庫のそばに見張りを残した。僕たちは黙っていた。それぞれに思案してはいたけれど、みな自分の考えを他の者に伝えようとはしなかった。僕は、悪どいシヴァーブリンが繰り出してきそうなあらゆる手を想像していた。自分のことはほとんどどうでもよかった。白状すると、両親がこのあとどうなってしまうかということも、マリヤ・イヴァーノヴナの運命に比べれば、さして気になってはいなかったんだ。母さんは農民たちや屋敷の者たちから慕われていたし、父さんは厳格だけれど、公正だったし、自分に仕える人たちが本当に困窮していることを分かっていたから、やっぱりみんなに愛されていた。それを僕は知っていたからだ。彼らの反乱は気の迷いで、つかの間の酩酊なんだ。不平不満が爆発したわけではない。二人はきっと許してもらえるだろう。だけど、マリヤ・イヴァーノヴナは？　堕落した恥知らずな男が、彼女にどんな運命を用意しているのか！　この恐ろしい考えにいてもたってもいられなくなった僕は、こんなことを言ってはいけないけれど、また残忍な敵の手に渡してしまうくらいなら、神様お許しください、いっそ彼女を殺してしまおうかとさえ思っていたんだ。

さらに一時間ほどたった。村には酔っ払いたちの歌声がこだましている。見張り番たちはそれを羨ましがって、僕たちに当たり散らしてののしり、拷問にかけてやる、殺してやると言って怖がらせる。シヴァーブリンの脅しの結果がどうなるのか、僕たちは待っていた。ようやく中庭で大きな動きがあって、ふたたびシヴァーブリンの声が聞こえた。

「どうだ、よく考えたか？　お前たちの方から降伏するか？」

誰も答えなかった。しばらく待ってから、シヴァーブリンはわらを持ってくるように言いつけた。数分後には火の手が上がって暗い倉庫が照らし出された。敷居の隙間から煙が入り込んでくる。すると、マリヤ・イヴァーノヴナが僕のそばへやってきて手を取ると、静かにこう言った。

「もういいですよ、ピョートル・アンドレーイチ！　私のために、ご自分とご両親を犠牲にしないでください。私を行かせてください。シヴァーブリンは私の言うことなら聞いてくれます」

「できませんよ」腹が立って叫んだ。「どうなるか、分かっているんですか？」

「屈辱を受けるくらいなら、生きてはいません」彼女は冷静に答えた。「ですが、私は助けることができるかもしれないんです、私を救い出してくれたかたと、哀れな孤児《みなしご》の世話をしてくださったそのご家族を。さようなら、アンドレイ・ペトローヴィチ。さようなら、アヴドーチヤ・ヴァシーリエヴナ。あなたがたは、私にとっては恩人以上でした。私を祝福してください。さようなら、ピョートル・アンドレーイチ。信じていてください、あの……その……」そこで彼女は泣き出した……。それから、顔を両手でおおった……。僕は頭がおかしくなりそうだった。母さんは泣いていた。「いい加減にせんか、マリヤ・イヴァーノヴナ」父さんが言った。「誰がお前さん一人を賊どものもとへ行かせるものか！　黙ってここにいなさい。死ぬときは死ぬ、みんな一緒だ。どうだ、扉の向こうはまだ何か言っているか？」

「降伏するのか？」シヴァーブリンが叫んだ。「いいのか？　五分もすればお前たちは丸焼けだぞ」

「降伏はせんぞ、悪党め！」しっかりした声で父さんが答えた。しわだらけの父さんの顔には、驚くほど活気がみなぎっている。白い眉の下で、目がいかめしく輝いている。それから、僕の方を向いてこう言ったんだ。「よし、今だ！」

父さんが扉を開けた。炎が吹き込んでくる。乾いた苔を間に詰めた何本もの丸太にそって、炎が立ち上がる。父さんはピストルを撃ちながら、燃え盛る敷居をまたいで叫んだ。「みんな、わしに続けえ」僕は母さんとマリヤ・イヴァーノヴナの手を取って、すばやく二人を外へ出した。敷居のそばにはシヴァーブリンが横たわっていた。すっかり腕も錆びついたはずの父さんに撃たれたんだ。賊の一団は僕たちからの思いがけない反撃にあって退いたが、一転して勢いを取り戻すと、僕たちを包囲しにかかった。僕はさらにもう何発かお見舞いしてやったけれど、うまい具合に飛んできたレンガが僕の胸に命中した。僕は倒れて、しばらく意識を失った。気がつくと、シヴァーブリンがいた。血まみれの草むらに腰を下ろした彼の前に、うちの一家がみんないる。僕は両腕を支えられている。農民やコサックやバシキール人たちの一団が僕らを取り囲んでいる。シヴァーブリンの顔色はひどく悪い。片方の手で、負傷したわき腹を押さえている。その顔には苦悶と悪意が表れている。彼はゆっくり頭を上げて僕を見ると、弱々しく聞き取れないような声で言ったんだ。

「そいつを吊るせ……。全員吊るせ……。彼女以外を……」

するとは、悪党の一団は僕たちを取り囲み、叫びながら門の方へ引っぱっていった。けれど、だしぬけに彼らは僕たちを残して、蜘蛛の子を散らすように走り去った。グリニョーフ［ズーリン］が、そして彼に続いて抜刀した騎兵中隊が入ってきたんだ。

——

反乱者たちは四方八方に逃げたが、それを軽騎兵たちが追いかけ、切りつけ、捕虜にした。グリニョーフ［ズーリン］は馬から飛び降りると、父さんと母さんにお辞儀をして、それから僕の手をがっちり握った。「ちょうど間に合いましたな」彼は僕たちに言った。「ああ！　このかたが君の花嫁か」マリヤ・イヴァーノヴナは耳まで赤くなった。父さんはグリニョーフ［ズーリン］に近づくと、感極まりながらも落ち着いてお礼を言っていた。母さんは彼を救いの天使だと呼びながら抱きしめていた。「さあどうぞ、うちへ」父さんはそう言って、彼を僕たちの家へ連れていった。

シヴァーブリンのわきを通りながら、グリニョーフ［ズーリン］が足を止めた。「この人は？」けが人を見ながら彼がたずねた。「こやつこそリーダーです。一味の責任者ですよ」やや誇らしげに父さんが答えた。古強者の面目躍如だ。「神様のお助けで、わしの錆びついた腕が若い賊を罰しました。せがれの流した血の復讐をこやつにしてやったのです」

「これがシヴァーブリンだ」僕はグリニョーフ［ズーリン］に言った。

「シヴァーブリン！　お会いできてとても光栄だ。軽騎兵たち！　こいつを逮捕しろ！　軍医には、こいつの傷に包帯を巻くように、そしてとりわけ丁寧に扱うようにと言ってくれ。シヴァーブリンはカザンの機密委員会に突き出さなければならん。主犯の一人だ。証言はきっと重要になる」

シヴァーブリンは物憂げに目を開けた。その顔には、肉体的苦痛の他には、いかなる表情もなかった。軽騎兵たちは彼をマントにのせて連れていった。

僕たちは部屋に入った。周りのものを見ながら、僕は胸を高鳴らせていた。子どもの頃が思い出されてくる。家の中は何も変わりなく、何もかも元の場所にある。シヴァーブリンは略奪する気にはならなかった。下劣な男だけれど、恥知らずに私欲を満たすことはさすがに気が引けたんだ。召使たちが控えの間にやってきた。彼らは反乱には加わらず、僕たちが解放されたのを心から喜んでくれた。サヴェーリイチは得意満面だ。これを読んでいる人に知っておいてもらいたい。賊どもの攻撃で大騒ぎになっていたあのとき、彼は厩へ走ったんだ。そこにはシヴァーブリンの馬がいて、それに鞍をつけてこっそり外へ出すと、混乱に乗じて、気づかれずに渡し場まで駆けていった。サヴェーリイチはすでにヴォルガのこちら側で休憩していた連隊と遭遇した。

彼から僕たちが危険な状況にあることを聞かされたグリニョーフ「ズーリン」は、馬に乗るよう一同に命じて進軍を指揮した。駆歩《ギャロップ》での進軍だ。そして、おかげさまで、ちょうどいいときに駆けつけたというわけだ。

グリニョーフ「ズーリン」は、書記の首を居酒屋のわきの竿に吊るして何時間かさらしておくべきだと主張した。

軽騎兵たちは追撃を終え、数名の捕虜を連れて帰ってきた。捕虜たちは倉庫に閉じ込められた。僕たちが記念すべき包囲を耐え抜いた、あの倉庫だ。

僕たちはそれぞれの部屋に戻った。年寄りたちには休息が必要だった。丸一晩というもの寝ていなかった僕は、寝床に飛び込んでぐっすり眠った。グリニョーフ「ズーリン」は指示を出しにいった。

晩になって、僕たちは客間のサモワールを囲んで、過ぎ去った危機について愉快に語り合った。マリヤ・イヴァーノヴナはお茶を注いでいた。僕は彼女のそばに座って、彼女しか目に入らなかった。愛情いっぱいの僕たちを、両親は微笑ましく見ていたようだ。この晩の集まりは、今でも僕の思い出の中に生き続けている。僕は幸せだった、本当に幸せだった。人間の貧しい人生の中で、こうした瞬間がそうたくさんあるものだろうか？

あくる日、父さんへ報告があって、農民たちが中庭に出頭してきているという。父さんは玄関先へ出ていった。父さんの姿が見えると、彼らはひざまずいた。

「まったく、何ということだ。馬鹿者たちが」父さんは彼らに言った。「なぜ反乱を起こそうなんて思いついたんだ？」

「おらたちが悪かったです、旦那様」彼らは声をそろえて答えた。

「その通りだな、悪い。悪さをして、お前たちも後悔しているのだろう。わしはお前たちを赦してやる。神様がせがれのピョートル・アンドレーイチと会わせてくれた。こんなに嬉しいことはないからな。まあよかろう。罪を認めた首は切り落とさず、だな」「おらたちが悪かったです！」「もちろん、悪いぞ。干し草を集めるのだろうからと、神様はしばらくいい天気にしてくださったのだ。それを馬鹿どもが、まるまる三日間も何をしておった？　村長！　一人残らず草刈りをやらせるのだ。いいか、赤毛の古狸め、イリヤの日[9]までにすべての草を束ねて山積みにしておけ。すべて刈り終え

9　預言者イリヤを記念した、ロシアの教会の祝日。七月二十日（新暦の八月二日）に祝われる。

るのだぞ」

農夫たちはお辞儀をして、まるで何事もなかったかのように賦役に出ていった。シヴァーブリンの傷は命にかかわるものではなかった。彼は護送隊とともにカザンに送られた。荷馬車に乗せられる彼を、僕は窓から見ていた。視線が合った。彼はうなだれ、僕はさっと窓から離れた。敵の不幸と屈辱に対して勝ち誇っているように見えるのがいやだったんだ。

グリニョーフ［ズーリン］はさらに先へ行かなければならなかった。僕は、家族と一緒にもう何日か過ごしたかったけれど、グリニョーフ［ズーリン］についていくことにした。出発の前夜、僕は両親のところへ行くと、当時の慣習に従って、ひざまずいて低くお辞儀をした。マリヤ・イヴァーノヴナとの結婚を祝福してもらうためだ。年寄りたちは僕を立たせて、喜びの涙を流しながら賛成してくれた。青ざめて震えているマリヤ・イヴァーノヴナを、二人のもとへ連れてきた。僕たちは祝福された……。僕が感じていたことは、書かないでおく。僕の立場に置かれた人なら、書かなくても僕の気持ちが分かるだろう。そうでない人には、僕は憐れんで、こう忠告するだけだ。時機を逃さないうちに恋に落ちなさい、そして両親から祝福してもらいなさい。

翌日、連隊は出発し、グリニョーフ［ズーリン］はうちの家族に別れの挨拶をした。軍事行動はもうじき終わる、みんなそう信じていた。僕は一か月後には夫になるのだと思っていた。マリヤ・イヴァーノヴナは僕に別れを告げ、みんなの前で僕にキスをした。馬にまたがった。サヴェーリイチはまた僕のあとをついてきた。そして連隊は去った。

長いこと僕は村の家を眺めていた。また出てきてしまった。悪い予感がしていた。誰かが僕にささやいたんだ。僕の不幸はまだすべてが通り過ぎたわけではないって。心は新たな嵐の到来を感じていた。

僕たちの行軍とプガチョーフ戦争の終結については書かないでおく。僕たちはプガチョーフに荒らされたいくつもの村を通過した。そこで僕たちは心ならずも、気の毒な住民たちから取り上げたのだ、彼らに賊たちが奪い残したものを。

住民たちは、誰の言うことを聞けばいいのか分からなかった。どこもかしこも統治体制が断ち切られていた。地主たちは森の中に身を隠していた。賊の一味がいたるところで悪事を働いていた。当時、プガチョーフはすでにアストラハン[10]へと逃げていたが、追撃のために派遣されたそれぞれの部隊の責任者たちは、罪を犯した者や無実の人を好き勝手に罰していた。戦火の荒れ狂った土地は、何もかも恐ろしい状況にあった。このロシアの反乱《ブント》、無意味で無慈悲な反乱《ブント》は、神様、もう二度と見たくはありません。不可能な大変革を我が国で企てるのは、若くて我が国の民衆を知らない者たちか、さもなければ、「他人の首は四分の一コペイカ、自分の首は一コペイカ」という、本当に無慈悲な連中だ。

イヴァン・イヴァーノヴィチ・ミヘリソーンの追撃を受けて、プガチョーフは退却していた。やがて、僕たちは彼が完全に撃破されたことを知った。とうとうグリニョーフ「ズーリン」は直属の将軍から僭称者逮捕の知らせと、それと同時に停戦命令を受け取った。ようやく家へ帰れる。僕は有頂天だった。けれど、僕の喜びを奇妙な感情が曇らせていたんだ。

10 ロシア南部の、カスピ海に近いヴォルガ川下流の都市。

# 解説　プーシキンと歴史、時間

坂庭淳史

## 1、プーシキン概観

アレクサンドル・セルゲーエヴィチ・プーシキン——三十七年あまりの人生を疾風のように駆け抜けた。自由を求め、人を愛し、多くの仲間たちと出会い、別れ、納得のいかないものには徹底して抗い、少年のように自分の気持ちに正直に生きて、死んだ。

ロシアの人々は老若男女を問わず、今でもプーシキンを愛している。「教科書でしか読んだことがない」という古典作家とは一線を画す。多くの人が「現在のロシア語・文学の素地は、プーシキンが作ったんだ」と話す。彼の誕生日が「ロシア語の日」という記念日であることがそれを象徴しているだろう。人々を引きつけるのは、彼とその作品の情熱、機知、真摯さだ。モスクワやペテルブルグにあるプーシキンの博物館はいつもにぎわっていて、文学少女であっただろう年配の学芸員の優しく、また誇らしげでもある説明に、子どもや学生たちが熱心に耳を傾けている。この国にたしかに息づいている文学への愛着とは、プーシキンの植えた苗が実をつけているのだと言ってもいいだろう。

プーシキンの人生と創作については、日本でもこれまでに多くの本が刊行されてきた。さらに二〇〇〇年代に入ってからは、ロシア文学史・文化史も押さえたうえで描かれた、さいとうちほのマンガ『ブロンズの天使』（小学館）などもある。ここでは、『大尉の娘』との関連を考えつつ、大まかに記してみよう。

一七九九年五月二十六日（新暦の六月六日）、アレクサンドルはモスクワで生まれた。現在の地下鉄「バウマンスカヤ」駅に近い生誕の地には、プーシキンを記念した学校がある。プーシキン家は由緒ある貴族であり、母方の曽祖父アブラム・ガンニバルはピョートル一世によってアフリカから連れてこられ、タリン総督にまでなった。プーシキンはアブラムとピョートル一世を敬愛しており、一八二七年からはアブラムを主人公とする小説『ピョートル大帝の黒奴』に取り組んでいる。

利発な少年であったアレクサンドルは一八一一年十月十九日、ペテルブルグ近郊のツァールスコエ・セロー（皇帝村）に新設された貴族学校《リツェイ》に第一期生として入学する。これは将来の官僚を養成すべく、有力な貴族の子弟を集めた寄宿学校であった。この学び舎は、大臣まで務めるような人物も輩出したが、その一方で、専制打倒を狙って蜂起するデカブリスト（十二月党員）も生み出した。アレクサンドルはその語学力で「フランス人」とあだ名されるが、数学は苦手だった。そして、詩人アントン・デーリヴィグやイヴァン・プーシチンといった親友を見つけた。卒業後、十月十九日に開催されていた記念イベントにたびたび参加していたことからも、プーシキンの貴族学校《リツェイ》への愛着のほどがうかがえる。

貴族学校《リツェイ》での六年の間に、ロシアはナポレオンとの戦争を体験した。アレクサンドルたちも戦争の空気を近くに感じ、そしてこの戦争を通して自由の大切さを学んだ。また、ホメロス、ヴェルギリウス、ヴォルテール、モリエール、パルニー、ルソー、フォンヴィージン、ラジーシチェフ、カラムジーンなど、国内外の多くの文学に触れ、彼の詩の世界が広がっていく。貴族学校《リツェイ》時代の印象的な出来事と言えば、やはり一八一五年、各界の大物たちが臨席した公開試験だろう。アレクサンドルはそこで詩「ツァールスコエ・セローの思い出」を朗読する。十八世紀のエカテリーナ二世の時代からナポレオンとの戦争までのロシアの栄光を称え、それを伝える詩人の使命を記している（この詩の中に登場するルミャーンツェフ伯爵の勝利を称える記念碑が、『大尉の娘』でのマーシャとエカテリーナ二世の出会いの場となる）。これに感激した大詩人ガヴリーラ・デルジャーヴィンがアレクサンドルを抱きしめようとしたが、彼は逃げ出した。のちに画家イリヤ・レーピンがこの歓喜——次代を担う文学者の誕生の瞬間——を描き出している。

一八一七年、貴族学校《リツェイ》を卒業したプーシキンは外務院に勤務する。そして、文学の革新を目指すカラムジーンを中心とした文学サークル「アルザマス会」に加わっていく。さらに、貴族の若者たちのサークル「緑のランプ」（活動は一八一九〜一八二〇年）にも入会したが、ここにはのちにデカブリストの乱（一八二五）を起こす者たちも含まれていた。専制や農奴制を批判した政治的な詩「チャアダーエフへ」「自由」「村」といったプーシキンの作品が手写しで広まっていく。一八二〇年には、古代ロシアの英雄叙事詩にもとづく物語詩『ルスラーンとリュドミーラ』の文学的新機軸が論争を巻き起こすほどであった（このときからすでに、プーシキンの眼差しは民衆へと向けられている）が、その裏でプーシキンは政治的な詩について聴取されていた。過酷なシベリア流刑も噂されたが、カラムジーンらの尽力で南ロシアへ送られることになった。

ここからの南方での四年間は、彼のロマン主義とその発展の時代と言えるだろう。九月から暮らし始めたキシニョフ（現在のウクライナのキシナウ）では、物語詩『カフカースの虜』や『バフチサライの泉』などで、異国情緒や素朴な人たちの触れ合い、反抗、愛憎といったロマン主義的なテーマを盛り込んだ新境地を切り開く。ジョージ・ゴードン・バイロンやアンドレ・シェニエらの文学を知ったのもこの頃だ。さらに一八二三年からは代表作となる韻文小説『エヴゲーニー・オネーギン』（完成までに彼曰く「七年四か月十七日」を要したという）に着手する。

一八二四年六月、上司の妻との関係など諸事情を背景として職を離れた彼は、今度は母方の領地ミハイロフスコエ村での蟄居《ちっきょ》生活を強いられる。そして一八二五年末、プーシキンのいないペテルブルグでデカブリストの乱が勃発した。影響力のあるプーシキンに対する政府の警戒はいっそう強まり、皇帝ニコライ一世自身が彼の作品を検閲することになる。一方でこの頃から、小説『ピョートル大帝の黒奴』やウクライナの英雄マゼッパを描いた物語詩『ポルタヴァ』など、彼の「歴史」に対する興味が深まっていく。

一八二八年十二月、十六歳のナターリヤ・ゴンチャローヴァと出会い、一目ぼれしたプーシキンは翌年にプロポーズするもうまくいかず、彼は当時トルコとの戦いの行われていたカフカースへ向かった。一八三〇年、二度目のプロポーズをしてナターリヤと婚約。秋に父からの結婚祝いの土地を受け取りに領地ボルジノへ赴くが、コレラ検疫で三か月間の足止めを食らう。怪我の功名か、ここで多くの作品が生まれた。いわゆる「ボルジノの秋」である。連作小説『ベールキン物語』には、プーシキン自身が「散文の第一の長所」とする「精確さと簡潔さ」が存分に発揮されている。

一八三一年、プーシキンは皇帝官房第三部（帝政ロシアの秘密警察）長官ベンケンドールフを通じてニコライ一世に、ピョートル一世およびその後継者たちに関する研究を理由とする古文書局への出入りを願い出た。ほどなくして彼はピョートル一世に関する文献の残る外務院に登録される。この資料収集の作業の中で、プーシキンの関心はエカテリーナ二世の時代の民衆の反乱へ、さらにロシアの歴史上最大の農民反乱であるプガチョーフの反乱へと移っていく。抑圧されたロシアの民衆の生活と精神が彼を引きつけるのだ。この時代の歴史書としてはカラムジーンの『ロシア国史』が名高いが、文学研究者のセルマンは、ステンカ・ラージンもプガチョーフも『ロシア国史』では取り上げられていないことを指摘したうえで、「ロシア史の〈公式〉を町や領主による王権との戦いの中ではなく、民衆、すなわち農民による貴族権力との戦いの中に求めたこと」にプーシキンの独自性を見出している（参考文献⑪）。そして「一七七五年一月十日の判決。背信者、反乱者、僭称者プガチョーフとその共謀者たちの処刑について」という文書の中にミハイル・シヴァンヴィチの名前を見つけたプーシキンは、この「プガチョーフの反乱に加わった貴族将校」についての物語を構想するのだった。情報量の少なさゆえに筆は進まなかったが、父への復讐心から盗賊となった主人公を描いた小説『ドゥブローフスキー』（未完）を経て、プーシキンのプガチョーフへの関心は抑えきれなくなる。彼はプガチョーフに関する厳重に管理された記録にアプローチするため、まずはその反乱の鎮圧に大きな功績のあったアレクサンドル・スヴォーロフに関する資料の利用許可を得た。さらに一八三三年七月には、反乱の舞台となったカザン県、オレンブルグ県への旅行を許される。この結果ようやく、一八三三年秋のボルジノで『プガチョーフ史』が完成した。プーシキンはベンケンドールフへの書簡で、「私はかつてプガチョーフ時代に関する歴史小説を書こうと考えていましたが、多くの資料を発見して、虚構はやめにして、プガチョーフの反乱の歴史を書きました」と記している。提出された『プガチョーフ史』をニコライ一世は文体の特徴などを好意的に評価したものの、プーシキンがプガチョーフに同情しすぎていると思われる部分などに不満を示した。またプガチョーフのような犯罪者は歴史を持っていないのだから、題名は『プガチョーフ史』ではなく、『プガチョーフ反乱史』［以下、『反乱史』と略記］とするように伝えた。こうして刊行された『反乱史』であったが、その評判はあまり良くなかった。プーシキンが歴史家として狙った客観的な記述が、「素っ気ない」ものとして受け止められたようだ。

『大尉の娘』を深く理解するうえで避けては通れないこの『反乱史』は、発表順を考えると、あとから小説が書かれたようにも見えるが、実は小説の構想が最初にあり、膨大な資料との格闘を終えて、プーシキンはまた小説に戻ってきたのだった。

プーシキンは一八三三年末、「年少侍従」の称号を与えられる。自分の年齢には不相応なこの称号に、プーシキンは激昂していた。「宮廷はアニチコフ宮殿で、N．N．［妻ナターリヤ］を踊らせたいのだ」と書いている。年少侍従は、妻同伴で様々な式典に参加しなければならなかったのだ。美しいナターリヤには皇帝ニコライ一世も少なからず関心を寄せていた。プーシキンは半年後には家庭の事情や経済状態を理由に退職願を提出したが、その際、「これまで通りの古文書局の利用許可」をあわせて申し出た。退職願は受理されたが、古文書局への出入りも禁じられた。先輩詩人ヴァシーリー・ジュコーフスキーに促されて、プーシキンは詫び状を提出して退職願を撤回する。「古文書局の利用」が彼にとっていかに大切であったか、あるいはもう一歩踏み込んで言えば、彼の「歴史」に対する情熱がいかに激しいものであったかが理解できるだろう。

一八三六年十月十九日、小説『大尉の娘』が完成する。

ここで一度、プーシキンの人生と創作から離れ、エメリヤン・プガチョーフと彼らが起こした反乱について記す。それから小説『大尉の娘』の世界について考えることにしよう。

## 2、プガチョーフの反乱、あるいは一七七三〜一七七五年の農民戦争

エメリヤン・イヴァーノヴィチ・プガチョーフの生年は一七四二年と言われてい

る。ジモヴェイスカヤ村に住む「ドン・コサック」の家に生まれた。ジモヴェイスカヤ村は、一六七〇〜一六七一年の農民戦争の指導者ステンカ（ステパン）・ラージンの生まれ故郷でもある。「ドン」とはロシアの南部を流れアゾフ海へと注ぐ延長二〇〇〇キロ余りの川であり、「コサック（ロシア語ではカザーク）」は、十六世紀頃に南ロシアやウクライナに形成された共同体、戦闘集団であり、そこには逃亡農民や分離派教徒なども含まれている。ロシア政府はコサックに食料や弾薬を与えて、周辺地域の遊牧民たちの不穏な動きに対抗させた。コサックはまた、皇帝への忠誠のもとで一定の自治を認められていたが、十八世紀になるとこの自治は形骸化してきてもいた。

コサック軍に入ったプガチョーフは、対プロイセンでロシアも参戦した七年戦争（一七五六〜一七六三）や第一次露土戦争（一七六八〜一七七四）などで戦って順調に出世していたが、病気で軍を離れ、さらに義兄の逃亡計画に加担したかどで一七七一年秋に逮捕される。すぐに脱走した彼はその後、逮捕と逃走を繰り返した。一七七二年十一月、ヤイーツキー・ゴロドーク（ヤイーク川流域のコサックの町）に現れたプガチョーフは、この年に反乱を起こして鎮圧されたコサックたちの不満を確認して、自分こそが（一七六二年に死亡した先帝）ピョートル三世であると名乗った。啓蒙君主エカテリーナ二世の治世は、ロシアの文化が花開き、対外的にも大いに発展したが、その裏で民衆は苦しんでいた。農奴制強化や重税もあって民衆の中で不満が高まると、「真の皇帝」の出現が望まれる。この時にはすでに何人もの偽ピョートル三世が出現していた。プガチョーフは別件で再び逮捕されカザンへ移送されるが、またも脱走に成功し、一七七三年七月、ヤイーツキー・ゴロドークへ戻ってくる。そして、一部のヤイーク・コサックがこの「ピョートル三世」を担ぎ出したのだった。

一七七三年の九月に数十名で挙兵した彼らは、ニージネオジョールナヤ要塞、タチーシチェヴァ要塞、チェルノレーチェンスカヤ要塞などを次々に陥落させながら仲間を増やしていく。兵はすぐに三〇〇〇名ほどになった。バシキール人、タタール人、カルムイク人、農民、工場労働者なども加わって、十月には要衝地オレンブルグを包囲する。プーシキンは『反乱史』に添えて皇帝に献上すべく書かれた「『反乱』に関する注釈」には、「下層民はみな、プガチョーフ側についていた。僧侶階級は、司祭や修道士だけでなく、掌院や主教たちも彼に好意的であった。貴族階級だけが、はっきりと政府側であった。プガチョーフとその共謀者たちは、当初は貴族たちも自分たちの側に引き入れたかったのだが、彼らの利害はあまりにも対立していた」と記している。この貴族とその他の民衆との断絶が『大尉の娘』でも大きなテーマとなるが、実に数万にも上る人々がプガチョーフの側に合流していった。プガチョーフはオレンブルグに近いビョールダに腰をすえ、この包囲は翌年三月まで続いた。結局、オレンブルグを落とせなかったプガチョーフは、ウラル山脈を越えてカザンを、さらにはその先のモスクワを目指す。カザンで決定的敗北を喫した彼は、モスクワ進出をあきらめて南下し始めたが、仲間に裏切られて政府に引き渡される。一七七五年一月、プガチョーフら五名の首謀者がモスクワで処刑された。

ロシアにおける最大の農民反乱はこうして幕を閉じた。この年、ヤイーク川という名はウラル川へ、ヤイーツキー・ゴロドークはウラリスクへと名を変えられた。「プガチョーフの反乱」は、歴史学においては「一七七三〜一七七五年の農民戦争」と呼ばれている。

## 3、一枚の奇妙な絵——本物はどちらか？

さて、小説『大尉の娘』の世界に足を踏み入れる前に、一枚の絵について触れておきたい。

この作品の舞台の一つであるオレンブルグの歴史博物館を二〇一七年に訪ねたとき、奇妙な絵を見つけた。プガチョーフの肖像なのだが、彼の頭部の後ろに女性の顔が一部見える。心霊写真のようで少し不気味でさえある。絵の上に付された説明によると、これは「エメリヤン・プガチョーフ　一七七三年九月二十一日、イレーツキー・ゴロドークで、エカテリーナ二世の肖像の上に描かれた肖像」のコピーだという。一七七三年九月と言えば、「ピョートル三世」ことプガチョーフが挙兵した時期に当たる。当時描き始められていた皇帝の肖像画のモデルが、正しい皇帝に変更されたということだろうか……。この興味深い絵について調べてみた。まず一九二〇年代の修復作業の中でプガチョーフの下に、エカテリーナ二世が描かれていることが明らかになったという。ただ、その後の絵具の組成の詳細な研究によって、この上層にあるプガチョーフがそもそも一七七三年ではなく十九世紀に入ってから描かれたことが判明したのだそうだ。この絵の神秘性がそがれた気がして少なからず落胆もしたが、いずれにしてもこの絵は、プガチョーフとエカテリーナ二世の重なり、あるいはより極端な言い方をすれば表裏一体の感覚を視覚的にうまく伝えているように思われる。

実際にはエカテリーナ二世（一七二九〜一七九六）の方がプガチョーフよりも十歳以上年長のはずだが、『大尉の娘』では二人はどちらも「四十歳ぐらい」と描写されている。また、プガチョーフは自分の取り巻きたちを（『プガチョーフ反乱史』でプーシキンも記しているように）、例えばザルービンをチェルヌイショーフ、チュマコーフをオルローフというように、当時のエカテリーナ二世の側近たちの名で呼んでいた。また、ビョールダを「モスクワ」と称していた。小説の中にも「宮殿」や「元帥」が出てくる。プガチョーフたちはエカテリーナ二世の下のロシア国家のパロディでもあった。あるいはどちらが本物であったのかと、考えてみたくもなる。また、司令官夫人ヴァシリーサ・エゴーロヴナが夫婦は「一心同体」だと言うが、エカテリーナ二世とピョートル三世（プガチョーフ）も夫婦であり、母なる女帝陛下と父なる皇帝陛下――そうした表裏一体感はたしかに漂っている。ただ一方で、この表と裏の間にはとてつもない隔たりがある。その間を英雄でなく、普通の人である主人公グリニョーフや、大尉の娘マリヤが揺れている。

### 最後の小説――ロシアでの評価

『大尉の娘』は、詩人として出発したプーシキンの、結果的に最後の小説となった。この作品の魅力を簡単に伝えることは困難なので、まずはロシアの作家たちの評を並べてみよう。

アントン・チェーホフは『大尉の娘』とミハイル・レールモントフの小説『現代の英雄』の中の「タマーニ」を挙げ、「みずみずしいロシアの詩と、優雅な散文の親縁性を直に示している」（一八八八年一月十八日付のポローンスキー宛書簡）と記している。たしかに、自然描写の中には、「詩から引用してきたのか」と思わせるような、心を躍らせるフレーズやリズムを見つけられる。

この小説をプーシキンの代表作でありチャイコフスキーのオペラでも名高い『エヴゲーニー・オネーギン』と並べる者もいる。プーシキンの友人でもある詩人ピョートル・ヴャーゼムスキーは、ペテルブルグから来た伊達者のオネーギンに憧れながらも拒絶されてしまう地方の貴族令嬢ターニャと、この小説のヒロインであるマリヤを重ねて、彼女を「もう一人のタチヤーナ」(「プーシキンの死後一〇年の、我が国の文学外観」一八四七)と呼んでいる。批評家のヴィッサリオン・ベリンスキーはピョートルやマリヤ、シヴァーブリンといった主要人物の性格の設定には不満を示しながらも、エカテリーナ二世の時代のロシアの社会風俗を描き出した点を評価し、「いわば散文における『オネーギン』」(「アレクサンドル・プーシキンの著作、第11、最終論文」一八四六)であると述べ、これ以上の小説を書けるのはニコライ・ゴーゴリだけだとも論じた(『モスクワの観察者』一八三八年第十六巻の一、文学雑報欄)。では、そのゴーゴリはどう見ているのだろうか。

ゴーゴリは『大尉の娘』と比べるとロシアの長編小説や中編小説はみな「甘ったるくて煮え切らない」という。そして、こう説明を続ける――「作品の中に純粋性、技巧抜きの自然性が高いレベルで入り込んでいるので、むしろ現実が技巧的で、戯画的に感じられるほどだ。真にロシア的なキャラクターが初めて出てきた……要塞の普通の司令官、大尉夫人、中尉。たった一門の大砲しかない要塞そのもの、時の不条理、普通の人々の普通の偉大さなどだ」(『友人たちとの書簡抄』)。ゴーゴリについては少しばかり脱線して書いておきたいこともある。彼の代表作『査察官(検察官)』は、地方の小さな町で主人公がペテルブルグから来た査察官と間違われるという一八三六年初演の喜劇だが、プーシキンがゴーゴリに語った「体験」がこの作品の構想にヒントを与えたことはよく知られている。一八三三年にプガチョーフの反乱の資料収集のために立ち寄ったニージニー・ノヴゴロドで、彼はこの県を内密に調べるためにやって来た査察官と間違われたのだ。プーシキンの評伝を記したレオニード・グロスマンはこの状況を「秘密の監視下に置かれていたのはプーシキン自身であったのだが」と皮肉めかして記している（参考文献④）。作家たちの世界は意外なところで結びついているものだ。

現代詩人のバフィト・ケンジェーエフによる評価は明快だ。純文学と大衆文学の境目の曖昧さを指摘しながら、「最良のロシア小説とも言える『大尉の娘』は、娯楽文学のすべての基準を満たしている」と述べている（参考文献⑬）。こうした感覚は、現代の日本においても共有できるものだろう。

## 最初の翻訳――日本における受容

日本におけるこの作品の受容についても記しておく必要がある。ご存知の方も多いかもしれないが、ロシア文学の最初の翻訳作品と言われるのが一八八三年に刊行された高須治助訳述『露国奇聞 花心蝶思録』（法木書屋）であり、原作は『大尉の娘』である。主人公ジョン・スミスをはじめ、登場人物たちが英米風の名を持ち、語りは一人称から三人称へ、分量も原作の三割程度であった。ここで取り上げたいのは、その約二十年後に刊行された『露国軍事小説 士官の娘』（集成堂、一九〇四年）である。足立北鷗、徳田秋聲による共訳で、まず一九〇二年七月十二日から九月十五日発行の「読売新聞」に全六五回で掲載された（九月一日は休載。データはこの翻訳が収録されている『徳田秋聲全集第二六巻』［八木書店、二〇〇二年］を参照）。「ロシア小説」と銘打たれてはいるが、例えば「版画《ルボーク》」のような説明が必要な言葉は簡潔に「拙い画」と記され、ボプレなど数人の登場人物がカットされる一方で、日本風なアレンジが用いられている。特徴的なのは登場人物たちの名である。ロシアの名の音を意識しながら、日本の名へと絶妙に置き換えられているのだ。篦粉村《べらこなむら》（ベロゴールスク［要塞］）に現れるのは、安東炳太郎《あんどうへいたろう》（アンドレーイチ、ピョートル［安東少佐の息子］）、鞠江《まりえ》／鞠江子《こ》（マリヤ／マーシャ）、佐平治《さへいぢ》（サヴェーリイチ）、柴古荒男《しばふるあらを》（シヴァーブリン、アレクセイ）蓑森久慈道《みのもりくじみち》（ミローノフ、クジミーチ）、伊保子《いほこ》（ヴァシリーサ・エゴーロヴナ）、倉下《くらしも》牧師（ゲラーシム神父）、江口《えぐち》老人（イヴァン・イグナーチイチ）、幕島《まくしま》（マクシームイチ）……。日本の名と音を合わせるだけではなくそれぞれのキャラクターを考えて漢字が選ばれているようで、翻訳者が名付けに腐心する様子が目に浮かんで、わくわくしてくる。そして圧巻は、鱶地英安《ふかちえいあん》（プガチョーフ、エミリヤン）。叛魁に相応しい堂々たる名だ。柄太郎と佐平治の冒険譚を読み進めるほどに、講談のような世界が広がっていく。序文で足立北鷗は、当時のロシアに対する一般的な理解として「露国の人情風俗は欧州七分に支那三分を加味したるもの」とも書いている。読者に日本・アジアとの近さを感じさせる狙いがあったのだろうか。歴史の詳細よりも恋愛にウエイトが置かれている印象はあるが、この「人情風俗」への注目は示唆に富んでいる。また、データはほとんど残っていないものの、映画『士官の娘』（細山喜代松監督）も一九一五年に公開されている。以降の翻訳状況については、一部を参考文献の翻訳の項に挙げたが、この作品が日本へ浸透していることはよく分かるだろう。

## 二つの時間を結ぶもの——成立の背景㈠

プーシキンの時代には、少なからずプガチョーフの反乱の時代の雰囲気が漂っていた。プーシキンが生きていた時間と、プガチョーフ、グリニョーフらの時間が重なってくることを確認しておこう。

まず、デカブリストとプガチョーフ、二つの時代を「処刑」が結びつける。一八二六年七月二十四日、プーシキンはルイレーエフらデカブリストの乱の首謀者の処刑を知る。『プーシキン百科事典』によれば、それまで彼はニコライ一世の即位によるデカブリストたちへの恩赦・減刑を期待していたという。何しろプガチョーフたち以来、ロシアでは処刑は行われていなかったのだ（参考文献⑨）。友人・知り合いたちが裁かれていく中で、おのずと過去の反乱の記憶が呼び起こされてくる。

さらに、プーシキンがこの作品に取り組んでいた一八三〇年代初めについても考えておきたい。フランスで革命が起こっていたこの頃、ロシア国内では一八三〇年から一八三一年にコレラが流行した。検疫のために自由な移動ができなくなり（前述の、一八三〇年のプーシキンの「ボルジノの秋」もこの影響による）、また、医師や役人が意図的に病気を蔓延させているという噂も流れて、不安や不満が抑えきれなくなった民衆が各地で病院や役所を襲った。ここにプガチョーフ時代の再来を見ている者もいる。ソヴィエト時代の文学研究者クプレヤーノヴァによれば、「デカブリストの乱（一八二五）の後で、貴族の反体制派の政治的無力は誰の目にも明らかになった。その代わりに、かなり現実的で専制・農奴制体制にとって脅威となる農民による革命の力を、プーシキンは一八三〇年から一八三一年の民衆の騒乱の中に見出していた」（参考文献③）という。

### プガチョーフは酷いのか？——成立の背景(二)

こうしてプーシキンのプガチョーフ、およびプガチョーフの反乱への関心はいやがうえにも増していく。1の評伝部分で、『反乱史』についても触れたが、ここではカザン県、オレンブルグ県での調査の様子を追っておこう。

一八三三年八月十一日に四か月の休暇を得たプーシキンは、八月十七日にペテルブルグを出発、ニージニー・ノヴゴロドを通って、九月五日にカザンに到着。翌日には、事件の目撃者である地元の老人から話を聞き、戦闘のあった場所を回っている。九月七日にはカザン大学のフークス教授から、「プガチョーフがかつて牢獄で恩を受けた人物を赦した」という言い伝えを教えてもらう。この話は『反乱史』にも『大尉の娘』にも響いてくる。九月九日、シムビールスクに到着し、事件を知る地元の老人た

『大尉の娘』時代のロシア
ペテルブルグ
ニージニー・ノヴゴロド
モスクワ
カザン
ボルジノ村
シムビールスク
ウラル山脈
ピョールダ
ヤイーク市
オレンブルグ
ヴォルガ川
アストラハン
ヤイーク川
(ウラル川)
ドン川
カスピ海
黒海
プガチョーフ軍主力の進路
プガチョーフの勢力圏

ちから話を聞く。九月十五日、オレンブルグへ出発し、十八日に到着。ここで（のちに辞書編纂で知られる）友人でこの直前にオレンブルグ勤務となっていたウラジーミル・ダーリが合流し、ガイド役を引き受ける。二人はプガチョーフが「首都」と呼んだビョールダでコサックの老女から、ニージネオジョールナヤ要塞の司令官の妻で、プガチョーフによって妾にされたタチヤーナ・ハールロヴァの悲劇について話を聞いている（九月二十日のウラリスク、ニージネオジョールナヤ要塞での聞き取りでもハールロヴァが話題になっている）。九月二十二日には、プガチョーフが最初に皇帝であることを告げた相手であるヤイーク・コサック、デニース・ピヤーノフの息子ミハイルらと歓談する。プーシキンのメモによれば、ミハイル・ピヤーノフは「あんたにとってはプガチョーフだろうが、わしにとっては偉大な君主ピョートル・フョードロヴィチだったんだ」と語った。また、プガチョーフはデニースに「わしの道は狭い」と言ったのだという。この言葉もまた、『反乱史』で、そして『大尉の娘』のグリニョーフとプガチョーフの会話の中で使われている。九月二十三日、プーシキンはボルジノへ向けて出発した。

この時点でのロシアでは、プガチョーフに関する考察や分析はほとんど手付かずの状態であった。エカテリーナ二世の時代にはプガチョーフに直接言及すること自体禁忌であったし、アレクサンドル一世の治世になってそうした束縛は解けたとはいえ、『А・И・ビービコフの人生と職務』（一八一七）や『ウラル・コサックの歴史的・統計的概観』（一八二三）といった限られた書物からしか情報は得られなかった。政府の文書を詳細に読み込む一方で、民衆の生の声を、そしてプガチョーフに占領された側からも、プガチョーフに従った側からもその声を拾い上げたプーシキンの、プガチョーフ（の反乱）研究における功績は決して小さくはない。それまで残虐さや悪辣さなど否定的側面ばかりが伝えられてきたプガチョーフだが、現地に足を運んで生の声を集めたことで、プーシキンのプガチョーフに対する評価は大きな広がりを見せてくる。とはいえ、いたずらに理想化するのではない。前述のセルマンは、プーシキンの小説におけるプガチョーフ像の意義とは、ロシア人特有の肯定的側面だけでなく、「残忍さと慈悲深さの結合」にあると言う。また彼は、こうした結合をドストエフスキーも「コミカルでもあり、魅力的でもある」と理解していたことを記している（参考文献⑪）。

さて、『大尉の娘』を考えるうえで、私たちが通り過ぎることのできない人物もいる。ロシアの解放思想の父とも言われるアレクサンドル・ラジーシチェフ（一七四九～一八〇二）である。ドイツに留学して啓蒙思想を学び、エカテリーナ二世に重用されていたが、プガチョーフの反乱の後で農奴制を批判し始め、一七九〇年に刊行した『ペテルブルグからモスクワへの旅』では、農民たちの悲惨な暮らしと貴族の横暴を赤裸々に描き出し、改革の必要性を訴えた。エカテリーナ二世はこの本を発禁処分とし、その著者を「プガチョーフよりも酷い反徒」と呼んだ。ラジーシチェフは死刑宣告を受けるも減刑され、シベリア流刑となる。一八〇一年にペテルブルグへ呼び戻されたが、思想的に孤立した彼は翌年に服毒自殺を遂げている。

　プーシキンは貴族学校《リツェイ》の時代からラジーシチェフの著作を知っており、農奴制と専制の悪を批判した頌詩「自由」（一八一七）は、ラジーシチェフの同名の詩に対する応答でもある。さらに、『大尉の娘』を書いていた一八三〇年代、プーシキンはラジーシチェフの旅を逆向きにたどった『モスクワからペテルブルグへの旅』（一八三四）を記し、評論「アレクサンドル・ラジーシチェフ」（一八三六）でも、「我々はラジーシチェフを偉大な人間だとみなしたことは一度もない」としつつも、彼の「驚くべき自己犠牲」と「騎士道的良心」を称えている。

　プーシキン研究者のゲオルキー・マコゴネンコは、プーシキンが『大尉の娘』で民衆を描きながら、ラジーシチェフを想起していたと記している。さらに、マコゴネンコは、ロシアを刷新する政治的な力として、初めて民衆を指し示したのがラジーシチェフであり、そこにプーシキンとの共通点を認める。他方、その差異として、ラジーシチェフが革命を呼び掛けたのに対し、プーシキンは「ロシアの反乱《ブント》」の悲劇を、「ロシアの反乱《ブント》は必ず敗北する」「民衆は勝利できない」という悲劇を客観的に開示してみせたのだと述べている（参考文献⑦）。「ロシアの反乱《ブント》」は、数多くのロシアの人々の思いの束ねられた、重要な言葉である。『大尉の娘』と『反乱史』をもとに、一九九九年に制作された映画『ロシアの反乱《ブント》Русский бунт』（アレクサンドル・プローシキン監督）の題がそれを物語ってもいる。この言葉の意味については、最後に考えることにしよう。

## 4、創作の世界へ

### 「前書き」と主人公像の変遷

作品内部の分析に入る。まず、『大尉の娘』の草稿には「前書き」があったことを記しておきたい。そう長くはないので、以下に引用しておく。

親愛なる友ペトルーシャ！

君によく、僕の人生の出来事について話している。同じ話を百遍もしているかもしれないけれど、いつも注意深く耳を傾けてくれているようだね。君からの問いの中には、そのうちに好奇心を満たしてあげようと約束しながら、僕が答えていなかったものもある。その約束を果たすことにする。君にあてたこのメモ、あるいは心からの告白と言った方がいいかもしれないけれど、書き始めながら信じている、僕がこうして打ち明けることはきっと君のためになるのだと。悪さばかりしているけれど、君はいつか人の役に立つ。どうしてそう思うかというと、君が若い頃の僕に似ているからだ。君のせいで父さんと母さんは悲しんでいる。言うまでもないが、君の父さんは僕を一度だって悲しませたりしなかった。君の父さんはいつだって誠実で品行方正だったから、君もそれを受け継いでいたら、さぞかし良かっただろう。けれど、君は父親ではなく、祖父に似てしまったね。でも、それも悪くはないと思う。君は分かってくれるだろう。燃える情熱にまかせて、僕は数々の間違いをしでかしてきた。どうにかそれを乗り越えて、おかげでこの年まで生きて、周りの人たちや良い友人たちから尊敬してもらえるようになった。君もそうなる。僕は予言しておくよ、親愛なるペトルーシャ。君には優しさと気高さという二つの素晴らしい資質があるようだから、それを心の中で大切にしていてくれたら、きっと。

（一八三三年八月五日　チョールナヤ・レーチカにて）

『大尉の娘』は現代の若い読者に向けて、初老のグリニョーフが自らの青年時代をつづったという体裁を取っているが、この「前書き」では「孫に向けて記した手記」となっていて、少しずれが生じる。主人公像の変遷を前述のマコゴネンコがまとめたものを基にして、若干の補足を加えてみる。

一八三三年一月――主人公はシヴァンヴィチ（自らプガチョーフ側に加わる貴族）。

一八三三年二月――古文書局で反乱史に関する資料に触れる。「自らプガチョーフ側に加わる貴族」という形象を断念。

一八三三年三月――シヴァンヴィチからバシャーリン（偶然、捕虜となって一時プガチョーフ側）へ。「共謀者」から、事件の「目撃者」へ。プーシキンのさらなる資料収集、事件解明の思いが強まり執筆中断。【八月、「前書き」執筆】

一八三三年秋　――　『プガチョーフ反乱史』完成。

一八三四年十～十一月（あるいは一八三四～一八三五年の冬）――バシャーリンを断念。（『反乱史』執筆過程で貴族と農民階級の断絶を理解したプーシキンは）主人公が偶然プガチョーフ側に加わることには無理があると判断。主人公を反乱の「目撃者」にするという方向性が重要になる。新主人公ヴァルーエフは要塞で軍務につき、司令官一家と知り合い、その娘マリヤに恋をする（「プガチョーフ側に加わる貴族将校」は消滅する。ここで愛や家庭の要素が加わる）。ヴァルーエフとプガチョーフの関係については依然として未着手（プガチョーフの役割は未決定ながら、プガチョーフの描写が主になると確信）。

この後、ようやくグリニョーフという主人公像が出来上がり、新たにプガチョーフ側に捕虜となって加入するシヴァーブリンという人物が登場してくる。整理して考えれば、この「前書き」は捕虜となって一時プガチョーフ側に加わったバシャーリンが書いたものだと考えられる。ここで大切なのは、この「前書き」の例が物語ってもいるように、創作過程の中で主人公像が頻繁に変わっていることだ。『オネーギン』の完成には七年をかけたプーシキンだが、この作品でも構想以来三年以上の長い時間をかけて、「歴史」と格闘しながら、政府とプガチョーフの間を揺れる「グリニョーフ」が作り上げられたのである。プーシキンをずっと悩ませていたのは「貴族が自ら率先して農民反乱の軍に加わることなど、はたしてあり得るのか」ということだったが、グリニョーフはエカテリーナ二世への忠誠を貫きながら、（仲間には加わらなかったものの）プガチョーフを「エメーリャ」とまで呼んだ。ポリーナ・リクーンという研究者は彼を、二つの世界に橋をかける「トリックスター」と呼んでいる（参考文献⑩）。

## 歴史小説と時間感覚

次に、登場人物たちとその周辺の描写について見てみよう。『大尉の娘』は歴史小説として、スコットランドの作家ウォルター・スコットから影響を受けていることはよく知られている。一八三〇年代のロシアで人気を誇ったスコットだが、プーシキン自身はその文学の魅力を、誇張なく、家庭的、現代的に過去を描くことだと記している。また古い歌謡を題辞に用いる方法などはスコット譲りだと言っていい。各章の題辞は、引用元が不明であるものや、プーシキンによる模倣と考えられているものもあるが、リアルな歴史的時間を作品内に呼び込むのに一役買っている。例えば、第二章の題辞の古い歌謡にある「このあたりには馴染みがない」という歌詞には、同じ章の農夫（プガチョーフ）の「このあたりはお馴染みでしてね」というセリフが呼応している。第三章の題辞にあるフォンヴィージンの代表作『親がかり』（一七八二）には、グリニョーフが甘やかされたまま育ったような人物ミトロファンが登場する。読者は一度、十八世紀の「親がかり」のイメージを通してグリニョーフを眺めるはずだ。こうした連結の妙を、プーシキンは作品内に数多く仕掛けている。その一方で、プーシキン研究者のオクスマンは、スコットの小説の中でプーシキンが(彼自身は語らなかったものの)見過ごせなかった点として、「事件展開のテンポの遅さ」や「驚くべき饒舌」を指摘し、プーシキンの若いころからの信条である「精確さと簡潔さ」と対置している(参考文献⑧)。ではプーシキンは、どうやって作品の時間を表現しているのだろうか。展開と連結という二つの切り口で考えてみる。

## 展開する時間

ここで確認しておきたいのは、本書の薄さである。小説を読み終えてこの頁を開いている皆さんには、トルストイの『戦争と平和』とまではいかないとしても、大長編を読んだような印象が残っていないだろうか。作品の内容の豊かさに比して、この分量の少なさに驚きを覚えていないだろうか。ここに、プーシキンの創作の秘密がある。研究者のプリャニシニコフはこれをプーシキン散文の「賢い節約」と呼び、叙述の生地がダイナミックで、叙述のそれぞれの要素が以降の展開に不可欠となっていると論じている。プリャニシニコフはその例として「ミローノフの家の額縁」「宮廷年鑑」「半ルーブル」「兎皮の長外套」「ズーリン」などを挙げている(参考文献②)。細部に至るまで無駄がなく、時間が凝縮されているのだ。

ユーリー・ロトマンは少し違った角度から「対称性《シンメトリー》」を指摘する。「まずマーシャが窮地に陥る。農民による革命の厳格な規則が家族を殺し、彼女の幸せを脅かす。グリニョーフは農民の皇帝のもとへ行って花嫁を救う。次に、グリニョーフが窮地に陥る。その原因は貴族による国家の規則の中に隠れており、マーシャが貴族の女帝のもとへ行って花婿を救う」というわけだ（参考文献⑥）。

さて、このシンプルな構造は「テンポの良さ」ともつながっている。そう考えれば、この小説における「省かれた章」の意味が見えてくるような気がする。グリニョーフが両親を救い出しに実家へと戻るこの部分は、第十三章に加わるものだが、最終稿ではプーシキンはこの章を外した。その理由は定かではないが、テンポが乱れるからだという説もある。ただし、この部分が初めて活字になったのは一八八〇年だが、現在刊行されているほぼすべての『大尉の娘』には、本編の後に「省かれた章」が付けられている。現代風に言えば、「スピンオフ」という存在だろうか。あるいは主人に対する使用人たちの反抗と、穀物小屋での攻防、味方の援軍、使用人たちの敗北……という展開は、この物語の中身を並べたマトリョーシカ的な縮図と言ってもいいだろう。

内蔵型の多層的な「時間」ではなく、同形で異なるサイズの「時間」が横に置かれているのである。

## 連結する時間

この小説には様々な言葉や語りがちりばめられている。若いグリニョーフが理解できなかった「泥棒たちの会話」、ドイツなまりのロシア語、小唄、カルムイクのおとぎ話、指令や私信、またそれぞれの人物が自分のロシア語を話している。言語学者のヴィクトル・ヴィノグラードフはイヴァン・クジミーチの話の切り出し方、「まあ、聞いてくれ……」という口癖を挙げている（参考文献⑤）が、イヴァン・イグナーチイチの「おたずねしますがね……」や、オレンブルグの将軍の「法の秩序」など、他にも見つけられるだろう。プーシキンの紡ぎ出すロシア語は実に多彩だ。ソヴィエト時代の文芸学者ボリス・トマシェフスキーは、日常的に見慣れたものを異質なものに変える芸術の手法「異化」を説明する際に、『大尉の娘』でのグリニョーフのイヴァン・イグナーチイチ（シヴァーブリンとの決闘を口喧嘩と考え、介添人を引き受けてくれない）や、サヴェーリイチ（ボプレが教えてくれた剣術を「鉄串で突き刺し合ってちょこちょこ足踏みする」と表現する）とのやり取りを取り上げ、滑稽な「異化」の特殊な例としている（参考文献①）。名誉をかけた決闘がおかしな喜劇に変わってしまうわけだが、「異化」がたびたび生じるほどに、作品内には様々な文化的背景、あるいは時間が連結してくる。

また、小説を注意深く読んでいると、特定の登場人物たちが同じ表現、同じ言葉を使っているのにも気がつく。『大尉の娘』を英訳する作業の中で、ロバート・チャンドラーは、例えば「神様が愛と調和を与えてくださりますように」という言葉をイヴァン・クジミーチとプガチョーフがマリヤに与えており、「どこぞなりと」という言い回しをサヴェーリイチとプガチョーフが使っていることを指摘している（参考文献⑫）。こうした手法はひとつの時間の中に登場人物を溶け込ませる効果があるように思える。ときに凶暴でもあるプガチョーフが、他の登場人物たちと同じ言葉を使うことで彼らと変わらない素朴で穏やかな一面を見せ、同じ時間の中で馴染んでくる。そして第八章でグリニョーフが語っている「状況の奇妙なつながり」を、こうした言葉たちが演出しているようにも思える。

## 『プガチョーフ反乱史』と『大尉の娘』、表題の意味

ここまで「歴史」と「時間」をキーワードにして作品を見てきた。『反乱史』と『大尉の娘』の違い、あるいは『大尉の娘』の文学的特徴とは、外面的な「歴史」だけでなく、一人一人の人間、「時間」の豊かさに目を向け、その交錯や連結を描いたことだろう。第十章の「オレンブルグ包囲については書かないでおく。これは家族の覚書というより、歴史に属する事柄だろう」という言葉を思い出そう。小説の中では、プガチョーフの蜂起と壊滅に劣らぬほど、ミローノフ夫妻の最後のキスがドラマチックだ。客観的で生データのような印象がある『反乱史』では、異化は起こらない。そして『反乱史』では断絶したままの「貴族」と「民衆」の間を、階層の壁を越え、糸を通すようにグリニョーフやマーシャといった普通の人たちが躍動している。こうした特徴は、のちにレフ・トルストイの小説へとつながっていく。

合わせて表題の意味についても考えたい。検閲を意識したものであるとか、物語を中心で動かしているのが「大尉の娘」だから、といった意見を目にする。たしかに、エカテリーナ二世とプガチョーフのどちらにも会っているのはマーシャだけだ。ただ、ここまでの考察を踏まえて「歴史」と「時間」を、一人の人間の中での「肩書」と

「内面」に置き換えてみると、「大尉の娘」という表題の新たな意味が見えてくるように思える。「大尉の娘」という「肩書」（それぞれの人のもとで違った意味を持つ、トランプの「ジョーカー」のようなもの）はあるが、マーシャの真の評価はその内面、人柄や才気、真摯さに拠っている。プガチョーフしかり、エカテリーナ二世しかり、グリニョーフの父親しかりである。作品内では「大尉の娘」に対する様々な視点が提示されているが、本作の読者もまた、それぞれに彼女を見つめ、きっと好感を抱いてくれているだろう。肩書や資格ではなく、その中身で接すれば世界はうまく回る——プーシキンは表題を通してそんなメッセージを逆説的に発しているのではないだろうか。

## 5、十月十九日から、一月二十九日まで

最後に、『大尉の娘』でこれまで最も重要とされ、なおかつ判断が難しいとされてきた文章「このロシアの反乱《ブント》、無意味で無慈悲な反乱《ブント》は、神様、もう二度と見たくはありません！」（第十三章。「省かれた章」にも同じ文章があるが、前後を読めば分かるように、「省かれた章」の方がより強烈に響いている）について考えておこう。セルマンに

よれば、プーシキンの理解では（グリニョーフが「無意味で無慈悲」と考えている）「ロシアの反乱《ブント》」が、貴族階級の消滅という大きな意味を持ち、その無慈悲さを物語っているという。セルマンは続けて、貴族の名誉の伝統など、基盤の崩壊の中にプーシキンが専制瓦解の前兆を見ているとも記している。では、プーシキンは自分が描き出した歴史を悲観していたのだろうか。「正しい答え」というものはおそらくない。考えるヒントになるのは、第十四章で「刊行者」が最後に記した「一八三六年十月十九日」の日付だ。

すでに原稿に一度「七月二十三日」と日付を入れた後、プーシキンは加筆修正を何度も行って、最後に「十月十九日」とした。読者は覚えているだろうか、これは貴族学校《リツェイ》の開校記念日である。この日を選んで記したと考えてもいいだろう。そして、同じ日にプーシキンはもう一つ大きな仕事をしている。雑誌『テレスコープ』に掲載された友人ピョートル・チャアダーエフの『哲学書簡』について、プーシキンはチャアダーエフにあててペンを取っている。チャアダーエフは、十世紀に東方正教を国教として受容したロシアは宗教的に孤立し、カトリック西欧と歴史を共有してきていないと訴え、ロシアの過去、現在の無意味さを徹底的に批判し、その未来を否定している。この著作によって彼は大きなスキャンダルの渦中に巻き込まれていく。それに対して、プーシキンはロシアには独自の使命があると主張し、「あなたは本当に今のロシアの状況に何らの意義も見出さないのですか」と問いかけ、「この世の何の為であろうとも、私は祖国を変えたくはありませんし、他の歴史を持ちたいとも思いません。神が私たちに与えたもうた、私たちの祖先たちの歴史の他には」と書いている。状況を配慮して彼はこの書簡を送らなかった。だが、自身の出自やそれまでの人生も含めて、時間の詰まった歴史をありのままに受け止めようとするプーシキンの強い覚悟が伝わってくる。グリニョーフという主人公を世に送り出さんとするプーシキンの心の中には、民衆の力や、貴族と民衆の対話、和解への希望があったのではないだろうか。グローバル化が加速する一方で、人間同士の関係がどんどん希薄になっていく——そんな現代において、この小説は大事なことを思い出させてくれる。

残念なことに、ここからプーシキンに残された時間は三か月ほどしかない。

十一月一日、ヴャーゼムスキーの家で『大尉の娘』を朗読する。十一月四日、彼を「寝取られ男騎士団員」と誹謗した匿名の手紙を受け取る。妻ナターリヤに大きな関心を寄せていた社交界は、この年には彼女と若く美しいフランス人士官ジョルジュ・ダンテスのロマンスの噂で持ちきりになっていたのだ。十一月五日、ジョルジュ・ダンテスに決闘を申し込む。その後、決闘は回避されたかとも思われたが、翌年一月二十七日、ダンテスと決闘を行い、致命傷を負う。一月二十九日の午後、プーシキンは息を引き取った。最期を看取った者の中には、ペテルブルグにやってきていたウラジーミル・ダーリがいた。

小説『大尉の娘』は、一八三六年十二月下旬刊行の『同時代人』第四号に掲載された。自らが創刊したこの雑誌の仕事に決闘の直前まで追われていても、プーシキンは『大尉の娘』の反響をほとんど知らなかった。

参考文献

①*Томашевский Б. В.* Теория литературы. Поэтика. Л.: Госиздат, 1925.
②*Пряишников Н. Е.* Поэтика «Капитанской дочки» Пушкина // Литературная учеба. 1937. No. 1.

③*Купреянова Е. Н.* «Капитанская дочка» А. С. Пушкина. Материалы для пушкинских чтений и лекций. Л., 1947.

④*Гроссман Л. П.* Пушкин. М., 1958.

レオニード・グロスマン（高橋包子訳）『プーシキンの生涯（上下）』（東京図書、一九七八年）も参照。

⑤*Виноградов В. В.* Из истории стилей русского исторического романа // Вопросы литературы. 1958. No. 12.

⑥*Лотман Ю. М.* Идейная структура «Капитанской дочки» // Пушкинский сборник. Пусков, 1962.

⑦*Макогоненко Г. П.* Исторический роман о народной войне // *Пушкин А. С.* Капитанская дочка. Л.:Наука, 1984.

⑧*Оксман Ю. Г.* Пушкин в работе над романом «Капитанская дочка» // *Пушкин А. С.* Капитанская дочка. Л.:Наука, 1984.

⑨Пушкинская энциклопедия: 1799–1999 / Ред. Е. Варшавская, М. Панфилова. М.: АСТ, 1999.

⑩Polina Rikoun, "Grinev the Trickster: Reading the Paradoxes of Pushkin's The Captain's Daughter," *Slavic and East European Journal* 51, no. 2 (2007).
⑪*Серман И.* Нашел ли Пушкин формулу русской истории? // Вопросы литературы. 2007. No. 2.
⑫*Чандлер Р.* Предатели и дарители: о переводе «Капитанской дочки» // Иностранная литература. 2010. No. 12.
⑬*Кенжеев Б.* Юного советского подростка Монте-Кристо решительно завораживал // Дружба народов. 2016. No. 11.

なお、訳出にあたっては*Пушкин А.* С. Капитанская дочка. Л.:Наука, 1984.（一八三六年の『同時代人』第四号に掲載されたものに校訂が加えられている）をテキストとして使用した。

## 翻訳（ここでは、参照させていただいたものを挙げておく）

高須治助訳『露国奇聞　花心蝶思録』（法木書屋、一八八三年）

足立北鷗、徳田秋声訳『露国軍事小説　士官の娘』（集成堂、一九〇四年）

神西清訳『大尉の娘』（岩波書店、一九三九年）

中村白葉訳『大尉の娘』（新潮社、一九五四年）

西本昭治訳『大尉の娘・スペードの女王』（社会思想社、一九六三年）

小沼文彦訳『大尉の娘　他一編』（旺文社、一九六六年）

北垣信行訳『大尉の娘・父と子』（筑摩書房、一九七八年）

川端香男里訳『大尉の娘』（未知谷、二〇一三年）

Alexander Pushkin（Translated by Natalie Duddington）, The Captain's Daughter, London: J.M. Dent & sons, 1928.

Alexander Pushkin（Translated by Ivy and Tatyana Litvinov）, The Captain's Daughter, Moscow: Foreign Languages Pub. House, 1954.

Alexander Pushkin（Translated by Paul Debreczeny）, The Collected Stories, London: D. Campbell, 1999.

# プーシキン年譜

**一七九九年**

五月、モスクワに生まれる。父セルゲイは退役近衛少佐、母ナジェージダはピョートル一世（大帝）の時代にロシアに来たアビシニア（エチオピア）人ガンニバルの孫。

**一八〇一年**　二歳

皇帝パーヴェル一世暗殺、アレクサンドル一世が即位。

**一八一一年**　一二歳

一〇月、ペテルブルグ近郊に新設のツァールスコエ・セローの貴族学校《リツェイ》に入学。

**一八一二年**　一三歳

六月、ナポレオン軍の侵攻を受けた祖国戦争の開始。九月、モスクワ占領、一〇月、ナポレオン軍撤退開始。

**一八一四年**　一五歳

四月、連合軍がパリ占領。詩「友なる詩人に」発表、盛んに詩作を行う。

**一八一五年**　一六歳

進級試験で「ツァールスコエ・セローの思い出」を大詩人ガヴリーラ・デルジャーヴィンの前で朗読。詩人ジュコーフスキーと知り合う。

一八一六年　一七歳
作家・歴史家カラムジーン宅に出入りし、のちの『哲学書簡』の作者チャアダーエフと知り合う。

一八一七年　一八歳
六月、貴族学校《リツェイ》卒業、十等文官としてペテルブルグの外務院翻訳官に任命される。カラムジーン派の文学サークル「アルザマス」に入会。貴族学校《リツェイ》の学友に向けた詩「仲間たちに」、専制批判的な頌詩「自由」など。

一八一八年　一九歳
ペテルブルグで放埒な生活。詩「バッカスの勝利」、政治詩「チャアダーエフへ」など。

一八一九年　二〇歳
リベラル派のサークル「緑のランプ」（福祉同盟支部）に入会。農奴制批判の詩「村」。

一八二〇年　二一歳
五月、反政府的作詩により南ロシアに転勤という形の追放（南方時代～二四まで）。夏にクリミア・カフカースを旅行。秋以降ベッサラビアのキシニョフに住み、後のデカブリストの軍人ミハイル・オルロフらと交際。魔法使いにさらわれた皇女と騎士の物語詩『ルスラーンとリュドミーラ』、詩「黒いショール」。

一八二一年　二二歳
ギリシャ独立運動のイプシランティ少

佐に共鳴。新設デカブリスト南方結社の指導者ピョートル・ペステリと知り合う。カフカース戦争を背景に愛のすれ違いを描く物語詩『カフカースの虜』（二二発表）、聖母処女懐胎説をあざ笑う瀆神的物語詩『天使ガブリエルの歌』、反逆的詩「短剣」「オヴィディウスに」など。

一八二二年　二三歳
物語詩『盗賊の兄弟』（二五発表）、詩「検閲官におくる詩」「とらわれびと」など。何度か決闘事件を起こす。

一八二三年　二四歳
夏、国際貿易港オデッサに移動。バイロン風の倦怠からの覚醒をモチーフとした韻文小説『エヴゲーニー・オネーギン』執筆開始（刊行二五〜三二）。クリミア・ハンのハーレムを舞台にした物語詩『バフチサライの泉』（二四発表）、詩「小鳥」「悪魔」「荒野に自由の種をまく者」など。

一八二四年　二五歳
六月、指揮官ヴォロンツォフ伯爵との確執で退職願を提出、両親の住むプスコフ県ミハイロフスコエ村に蟄居処分となる。父との不和。自由と嫉妬のテーマを含む物語詩『ジプシー』、詩「本屋と詩人の会話」「海に」「コーランのまねび」など。

一八二五年　二六歳
動脈瘤を理由に国外脱出を計画。ロシア史の動乱時代を扱った詩劇『ボリース・ゴドゥノーフ』(三〇発表)、不倫をテーマにした滑稽物語詩『ヌーリン伯』、恋愛詩「焼かれた手紙」「アンナ・ケルンに」、権力のテロルに抗した詩人を描く「アンドレ・シェニエ」など。一一月、アレクサンドル一世死去。一二月、ペテルブルグでデカブリストの乱。

**一八二六年**　二七歳
七月、デカブリストへの判決と首謀者五名の処刑を知る。九月、モスクワへ召喚。ニコライ一世自身がプーシキンの検閲官を務める条件で蟄居の解除が決定。ただし以降も諸方面で皇帝官房第三部長官ベンケンドールフの干渉を受ける。詩「ステンカ・ラージンの歌」「予言者」「冬の道」「Stances」、政府に強いられて書いた論考『国民教育について』など。

**一八二七年**　二八歳
詩「シベリアの鉱山の奥深く」をデカブリストの妻に託す。「アンドレ・シェニエ」をめぐって警察に陳述。詩人の天命をうたった詩「アリオーン」「詩人」、自らの先祖を題材にした散文小説『ピョートル大帝の黒奴』(未刊、三七発表)。この頃から賭博熱が高まる。

**一八二八年**　二九歳
『天使ガブリエルの歌』の冒瀆性が事件化し、皇帝に手紙を書いて終結。北方戦争時代のウクライナ・コサックの統領マゼッパを描く物語詩『ポルタヴァ』、詩「予感」「アンチャール」「詩人と群集」。未来の妻ナターリヤ・ゴンチャローヴァと出会う。

一八二九年　三〇歳

四月、ナターリヤに求婚、断られ五月にカフカースへ旅立つ。対トルコ戦争下にチフリス（トビリシ）を経てトルコのエルズルムに向かい、途上で客死した外交官・作家グリボエードフの遺骸と遭遇。一一月、ペテルブルグに帰還。詩「貧しき騎士」「旅の泣き言」、散文『書簡体小説の断章』。

一八三〇年　三一歳

西欧ないし中国旅行の許可を求め、却下される。体制派のジャーナリスト・作家ブルガーリンのプーシキン攻撃が激化。ナターリヤと婚約。九月、父から結婚祝いにもらったニジェゴロド県ボルジノ村を訪れ、コレラ禍で一二月はじめまで足止めを食らう。「ボルジノの秋」と呼ばれるこの時期に創作欲が高まり、韻文小説『エヴゲーニー・オネーギン』をほぼ完成させたほか、小悲劇四部作（『吝嗇の騎士』『モーツァルトとサリエリ』『石の客』『ペスト流行時の酒盛り』）、散文小説『ベールキン物語』、『ゴリューヒノ村の歴史』、物語詩『コロムナの家』、民話詩『坊主とその下男バルダの話』、宣言詩「わが系譜」などを執筆。一一月、ロシア治下のポーランドで反乱。

一八三一年　三二歳

一月、親友の詩人デーリヴィグの死。二月、モスクワでナターリヤと結婚。五月、ツァールスコエ・セローに転居、ゴーゴリと出会う。皇帝からピョートル一世史の執筆のため、古文書局への出入りを許される。ペテルブルグへ転居の後、一一月、外務院へ再奉職。妻が社交界で名を売る一方で、経済的逼迫が深刻化。ナショナリズム風の詩「ロシアを中傷するものたちへ」、祖国戦争を舞台とした論争的小説『ロスラーヴレフ』、民話詩『サルタン王の物語』。

一八三二年　三三歳

娘マリヤ誕生。社交界での妻のコケティッシュな振る舞いを危惧。『エヴゲーニー・オネーギン』最終章出版。復讐のために盗賊となった地主青年の小説『ドゥブローフスキー』起稿（未完、三七発表）、劇詩『ルサールカ』（未完）。

一八三三年　三四歳

プガチョーフ反乱の資料を収集、八月、調査でヴォルガ中流のカザンから南ウラルのオレンブルグへ旅行。一〇月、領地で「第二のボルジノの秋」と呼ばれる充実期を経験した。ペテルブルグの洪水とピョートル大帝像を題材にした物語詩『青銅の騎士』、散文小説『スペードのクイーン』（三四発表）、『プガチョーフ反乱史』、民話詩『漁師と魚の話』（三五発表）、『死んだ王女と七人の勇士の話』（三四発表）、詩「秋（断章）」など。年末に年齢不相応の年少侍従に任命され、屈辱を覚える。

**一八三四年　三五歳**

『プガチョーフ反乱史』刊行のため国庫金を借用、借金返済に充《あ》てる。『スペードのクイーン』が評判になる。妻への私信が検閲されたことに怒り、退職願を提出、のちに詫び状を書かされる。この年、妻ナターリヤが社交界で伊達者のフランス人近衛騎兵隊少尉ジョルジュ・ダンテスと出会う。民話詩『金の鶏の話』、盗賊小説『キルジャーリ』、詩「西スラブ人の歌」など。

**一八三五年　三六歳**

教育大臣ウヴァーロフとの対立が表面化。経済的逼迫から六月にベンケンドールフに請願、四か月の賜暇と三万ルーブルの借財の許可を得る。九月～一〇月、ミハイロフスコエ村で静養と創作の試み。一八二九年の旅に寄せた散文『エルズルム紀行』、クレオパトラの宴をテーマにした小説『エジプトの夜々』、詩「さすらいびと」「ピョートル大帝の祝宴」など。

**一八三六年　三七歳**

妻ナターリヤとダンテスの仲が深まる。三月、母の死。四月、プーシキン編集の雑誌『同時代人』発刊（第四号まで）。妻の不倫の噂に悩まされたあげく、プーシキンを「寝取られ男騎士団員」になぞらえた匿名の手紙の流布を契機に、ダンテスに決闘を申し込む。ダンテスがナターリヤの姉エカテリーナと婚約することでかろうじて回避。詩「私は自分に、人わざでない記念碑を建てた」、プガチョーフの反乱に取材した小説『大尉の娘』。

一八三七年

ダンテスが露骨にナターリヤに接近、ダンテスの養父であるオランダ大使フォン・ヘッケルンを黒幕とみて侮辱的な手紙を送る。ダンテスから決闘状。一月二七日決闘、二九日死亡。

# 訳者あとがき

「プーシキンの文学作品の特徴は？」とたずねられたら、合言葉のように「簡潔さ」と答えてしまう。これは入門的な文学知識のひとつでもあるが、今回の訳を通して、あらためてそれを体感することができた。いや、その本質を理解できたような気がする。第一章を訳し始めたのはもう二年以上前のことだが、教科書の例文に出てくるようなロシア語も多く、不遜にも「ひょっとして、このロシア語なら自分でも書けるのではないか？」と錯覚してしまった。当然ながら、この妄想はすぐにかき消された。美しい音の響きとリズム、無理のない言葉の選択と過剰にならない描写は容易にできるものではない。そして解説でも触れたように、いろいろな仕掛けが隠されている。「周到に仕組まれた簡潔さ」なのである。

日本語に訳出する際には「朗読したときの心地よさ」を大切にした。また、先達の仕事には大いに助けられた。神西清訳をはじめ、二〇一三年に未知谷から校訂版が刊行された川端香男里訳まで、たくさんの名訳を参照させていただいた。机の上に何冊もの訳書を開いて、プーシキンのテキストをめぐる対話というか、これはもう座談会（ときに英訳もあるので、国際会議？）状態になる。例えば、第一章のボプレ先生の言葉で「酒瓶の敵ではない」とこちらは字義通りに訳した部分があるが、神西訳では「徳利は嫌いじゃない」となっている。思わず膝を打つ。だが一方で、自分の目指す訳ではないのだとも感じた。名訳たちに対するこちらの援軍は「時間」だろう。村上春樹がチャンドラーを訳した際に、「オリジナル（原典）は古びないけれど、50年も前に書かれたものは、どんな名訳でも翻訳の言葉が古びていく。それはもう宿命なんです」（「朝日新聞」二〇一七年一二月二二日）と述べているように、ここでは「今の言葉」にすることを第一に考えた。

特にこだわってみたのは、グリニョーフを「僕」で語らせたことだ。どこか「坊っちゃんらしさ」の抜け切らない彼のロシア語は若く、みずみずしい。もちろん年老いたグリニョーフの記した回想という設定はある（若い自分を相対化して語るグリニョーフも何度か登場してくる）けれど、「十七歳の心」を伝えたかった。「わし」や「私」への未練を振り切らせてくれたのは、訳者が大学一年生のときに亡くなった祖父の思い出だ。おしゃれで物静かな祖父は、いつも「僕はね……」と話しかけてくれたものだ。最近になって、『大尉の娘』を原作とする宝塚歌劇団の作品『黒い瞳』（柴田侑宏脚本、謝珠栄演出・振付）の存在を知って慌ててビデオで視聴したのだが、主人公は「僕」で語っており、これがダメ押しになった（もっとも、真琴つばさが演じる主人公はちょっとかっこよすぎるのだけれど）。

また、原文のロシア語はおおむねロシア語過去時制の歯切れのよい調子で書かれているが、訳者の考えで日本語訳でも一定の歯切れの良さが出るように、ときおり現在時制を入れて工夫してみたことをお断りしておきたい。

実に多くの方々にお世話になった。作品の舞台の一つオレンブルグの町を案内していただいたリュドミーラ・ドカシェンコ先生をはじめとするオレンブルグ国立大学のみなさん、テキストの選定時から相談に乗っていただいたモスクワ国立人文大学のボリス・ラーニン先生、ロシア語の細かいニュアンスを分かりやすく解説していただいたペテルブルグのロシア科学アカデミーのロシア文学研究所（通称プーシキン館）のセルゲイ・デニセンコさんと、極東連邦大学のタチヤーナ・ブレスラヴェツ先生、元早稲田大学講師のマルガリータ冨田さん、フランス語でお世話になった鈴木雅雄早稲田大学教授、また、つねに激励してくださった笠間啓治早稲田大学名誉教授、井桁貞義早稲田大学名誉教授……皆様にお礼申し上げる。

また有益なアドバイスで勇気づけてくださった光文社古典新訳文庫の今野哲男さん、無理なお願いをとことん聞いてくださった光文社の中町俊伸さんにも深く感謝申し上げる。

ノートパソコンの横にはスーツケースがある。これから所用でカザンへ行く。グリニョーフやプガチョーフに思いを馳せてみるつもりだ。その前にモスクワにもしばらく滞在する。プガチョーフは、最後にグリニョーフを見つけて首を縦に振った。モスクワの目抜き通りにある伏し目がちのアレクサンドル・セルゲーエヴィチの像を見上げたら、彼はどんな表情をしてくれるだろうか。

二〇一九年三月　成田にて

坂庭淳史

光文社古典新訳文庫

# 大尉《たいい》の娘《むすめ》

著者　プーシキン
訳者　坂庭《さかにわ》淳史《あつし》

2019年4月20日　初版第1刷発行

発行者　田邉浩司
印刷　新藤慶昌堂
製本　ナショナル製本

発行所　株式会社光文社
〒112-8011東京都文京区音羽1-16-6
電話　03（5395）8162（編集部）
03（5395）8116（書籍販売部）
03（5395）8125（業務部）
www.kobunsha.com


ISBN978-4-334-75398-6 Printed in Japan

# いま、息をしている言葉で、もういちど古典を

長い年月をかけて世界中で読み継がれてきたのが古典です。奥の深い味わいある作品ばかりがそろっており、この「古典の森」に分け入ることは人生のもっとも大きな喜びであることに異論のある人はいないはずです。しかしながら、こんなに豊饒で魅力に満ちた古典を、なぜわたしたちはこれほどまで疎んじてきたのでしょうか。

ひとつには古臭い教養主義からの逃走だったのかもしれません。真面目に文学や思想を論じることは、ある種の権威化であるという思いから、その呪縛から逃れるために、教養そのものを否定しすぎてしまったのではないでしょうか。

いま、時代は大きな転換期を迎えています。まれに見るスピードで歴史が動いていくのを多くの人々が実感していると思います。

こんな時わたしたちを支え、導いてくれるものが古典なのです。「いま、息をしている言葉で」――光文社の古典新訳文庫は、さまよえる現代人の心の奥底まで届くような言葉で、古典を現代に蘇らせることを意図して創刊されました。気取らず、自由に、心の赴くままに、気軽に手に取って楽しめる古典作品を、新訳という光のもとに読者に届けていくこと。それがこの文庫の使命だとわたしたちは考えています。

このシリーズについてのご意見、ご感想、ご要望をハガキ、手紙、メール等で翻訳編集部までお寄せください。今後の企画の参考にさせていただきます。
メール　info@kotensinyaku.jp

★続刊

## パイドン　プラトン／納富信留・訳

師であるソクラテス最期の日、獄中に集まった弟子たちと「魂の不滅」について対話するプラトン中期の代表作。魂が真実に触れるのを妨げる肉体的な快楽や苦痛からの解放が「死」であり、魂そのものになること＝死は善いことだと説く。

## シェリ　コレット／河野万里子・訳

五十を目前に美貌の衰えを自覚する高級娼婦のレア。恋人である二十五歳の美しい青年シェリの唐突な結婚話に驚き、表向きは祝福しつつも、心穏やかではいられない……。香り立つ恋愛の空気感と細やかな心理描写で綴る、コレットの最高傑作。

## 千霊一霊物語　アレクサンドル・デュマ／前山 悠・訳

狩猟のために某所に集まった人々が、奇妙ななりゆきで凄惨な殺人の現場検証に立ち会うことになったのを機に、一人ずつ自分の体験した恐怖譚を披露していく。生首、亡霊、吸血鬼の話まで、稀代の物語作家の本領が発揮される連作短篇集。